Julia Leigh
Der Jäger

Aus dem Englischen
von Christel Dormagen

Suhrkamp Verlag

Titel der 1999 von Penguin Books Australia
veröffentlichten Originalausgabe:
The Hunter
© Julia Leigh, 1999

© Suhrkamp Verlag Frankfurt am Main 2002
Alle Rechte vorbehalten, insbesondere das des
öffentlichen Vortrags sowie der Übertragung durch
Rundfunk und Fernsehen, auch einzelner Teile.
Kein Teil des Werks darf in irgendeiner Form
(durch Fotografie, Mikrofilm oder andere Verfahren)
ohne schriftliche Genehmigung des Verlages reproduziert
oder unter Verwendung elektronischer Systeme
verarbeitet, vervielfältigt oder verbreitet werden.
Satz: Jung Satzcentrum, Lahnau
Druck: Friedrich Pustet, Regensburg
Printed in Germany
Erste Auflage 2002

1 2 3 4 5 6 – 07 06 05 04 03 02

Zur Erinnerung an Jen Smith

Die Eskimos haben ein Wort für dieses lange Warten,
bei dem man auf ein plötzliches Geschehen
vorbereitet ist:
Quinuituq – *tiefe Geduld.*

Barry Lopez, ARKTISCHE TRÄUME

I

Jetzt sackt das kleine Flugzeug ab, die dicke Frau neben ihm schreit auf, verschüttet ihren Kaffee, und sein Essenstablett fliegt in die Luft. Mit geschlossenen Augen beginnt er zu zählen, eins... und zwei... und drei: Ein gläubiger Mensch, denkt er, könnte sich jetzt zum Beten entschließen. Dann ist es vorbei, sie überleben, und der Achtzehnsitzer fängt sich hoch über der blauen Spalte, die die Insel vom Festland trennt, der Pilot entschuldigt sich rasch und ruhig.

Am Flughafen gibt es niemanden, der ihn empfängt, keinen Mietwagen-Schalter und also kein lächelndes Mietwagenmädchen. Die dicke Frau wird, wie er sieht, von einem dicken Mann mit Bürstenhaarschnitt und einem White-Power-T-Shirt getröstet. Die kleine Menschenmenge, die sich in der Wartehalle versammelt hat, läßt vermuten, daß die Maschine auf dem Rückflug voll wird. Er wartet draußen auf den Wagen, der sein Gepäck über das Rollfeld transportiert, und als er kommt, nimmt er unverzüglich Rucksack und Tasche an sich. Der Minibus braucht fünfzehn Minuten bis zur Stadt: »Willkommen in der Tigerstadt« steht auf einem Schild an der Schnellstraße, »Einwohner: 20 000«. Wie vereinbart mietet er einen Allrad-Kombi, das neueste Modell, einen silbernen Monastery. »Sie haben einen guten Tag dafür erwischt«, sagt ein lächelndes Mädchen, und so lächelt er ebenfalls, nickt und wendet sich zum Gehen, bevor sie anfangen kann, Fragen zu stellen.

Schnell läßt er die Stadt hinter sich und fährt in südwestliche Richtung. Das letzte Kentucky-Fried-Restaurant wirbt mit »Futter im Doppelpack für $ 4,95«.

Kleinere Orte tauchen neben der Schnellstraße auf, kümmerliche Ansammlungen von Lebensmittelläden, Antiquitätengeschäften und Friseursalons. Weideflächen rechts und links der Straße reichen bis an den Fuß der Berge. Wo es Schafe gibt, sind sie schlammbraun, und wo es Bäume gibt, haben Farmer sie in Rindermaulhöhe mit Blech bandagiert. Einmal kommt er an einem Ensemble kunstvoll beschnittener Bäume vorbei, keine Schwäne, Giraffen oder Pudel, sondern seltsame geometrische Formen, und später sieht er ein Naturstein-Cottage, vollgestopft mit lauter grinsenden Spielzeugkatzen. Er überquert den Tiger-Bach, den Break O'Day-Bach, dann noch einen und noch einen Bach. Beim nächsten Lebensmittelladen hält er und trinkt einen Kaffee: süß und synthetisch.

Die Abstände zwischen den Läden werden größer, und die Straße ist nicht mehr asphaltiert. Er zieht seine Karte zu Rate. Schließlich biegt er an einer unmarkierten T-Kreuzung ab, und als er den ersten Hang erreicht, der in lauter geraden Reihen mit winzigen Baumschößlingen bepflanzt ist, weiß er, daß er richtig ist. Dann kommen die leeren Betonflächen: Willkommen in der toten Stadt. Hier, in der einstigen Holzfällerstadt, haben die Menschen ihre Häuser zusammengepackt und sind weitergezogen. Eine ganze Reihe zerlegbarer Häuser wurde aufgegeben, die Fenster sind mit Plastikfolie in leuchtendem Orange abgedeckt. Aber es gibt eine Tankstelle, und ein Pappschild im Fenster verkündet »geöffnet«. Beim Geräusch seines vorfahrenden Wagens erscheint plötzlich ein Trupp magerer Kinder, zwei der größeren auf Fahrrädern. Er tankt und geht nach drinnen, um zu zahlen. Die Frau an der Kasse braucht etwas, bis sie sich von dem Miniaturfernseher löst, streckt dann die Hand aus und weigert sich zu sprechen. Er bezahlt bar und kauft zuletzt noch einen Riegel Schokolade als Höflichkeitsgeste.

Er fährt, biegt um sanfte Kurven. Er übt seine Geschichte. Und wer ist er ab heute? Von jetzt an ist er Martin David, Naturforscher, frisch von der Universität und tatendurstig. »Hallo, ich bin Martin David«, »Eine kleine Turbulenz, aber ansonsten nicht übel«, und: »Ja, vielen Dank, ein Tee wäre herrlich.«

Er wird den Tee trinken und die Lage sondieren.

Es ist fast dunkel, als Martin David, Naturforscher, in die lange Auffahrt einbiegt und seinen Monastery in einem verlotterten Hof parkt. Obwohl es Sommer ist, liegt etwas Eisiges in der Luft, und er braucht seine Polartechjacke. Hier, ganz still am Rand der welligen Ebene, steht ein kleines Haus aus bläulichem Sandstein, und dahinter steigt dunkel der Steilhang an, der zum Central Plateau führt: das letzte Haus am Ende der letzten Straße. Einst war es eine funktionierende kleine Farm, aber jetzt sind die Ställe und der Futterschuppen aus Holz und Eisen eingestürzt, und Unkraut, hauptsächlich sonnengelbes Kreuzkraut, hat die Weiden erobert. Drei Autowracks, alle ohne Armaturenbrett, rosten vor sich hin, und überall liegen ausrangierte Blechkanister. Rechts neben dem Haus dient ein auseinandergeschnittener Wasserbehälter aus Wellblech als Verschlag für Brennholz. Es gibt auch einen intakten Wasserbehälter und daneben ein Stück Gemüsegarten, aus dem purpurrote Stengel sprießen, vielleicht Rote Bete. Die vorderen Fenster sind geschlossen und mit regenbogenfarbenen Baumwollvorhängen versehen.

Um zum Haus zu gelangen, muß der Besucher zuerst durch einen kahlen Torbogen aus Draht. In besseren Zeiten, denkt M., war er vielleicht von süß duftenden Kletterpflanzen überrankt.

*

Die Tür schwingt von allein auf. Niemand empfängt ihn, und er zögert verblüfft: eine übernatürliche Tür? Noch ehe er einen Gruß rufen kann, turnt ein purpurglänzendes Knäuel aus Armen und Beinen radschlagend den Flur entlang und stoppt mit einem beachtlichen Spagat direkt vor ihm auf dem Boden.

»Willkommen!« sagt das Mädchen ganz außer Atem. Sie mag zwölf Jahre alt sein, vielleicht auch elf oder zehn – er kennt sich da nicht aus. Sie trägt einen purpurroten, über und über mit silbernen Sternen gesprenkelten, hautengen Anzug aus Lycra, ihr dunkles Haar ist sehr kurz geschnitten und reicht knapp über die Ohren.

»Hallo«, erwidert er und spricht sehr deutlich. »Ich bin Martin David. Deine Mutter erwartet mich.«

Ein zweites, kleineres Kind schlüpft hinter der Tür hervor. Dieses hier ist blond, trägt ein silbernes Cape über einem roten Trainingsanzug und hat glänzende rote Farbkringel auf den Wangen. Der Junge spricht nicht, starrt nur, womöglich ist er sogar stumm. Das größere Kind schlägt einen Purzelbaum und steht mit einer einzigen schnellen Bewegung auf den Füßen.

»Hallo, Martin David«, sagt sie und artikuliert ebenfalls sehr sorgfältig. »Ich heiße Katharine Sassafras Milchstraße Indien Banane Armstrong. Sie können mich Sass nennen. Das ist mein Bruder James Wind

Fahrrad Lederbaum Katzenauge Armstrong. Nennen Sie ihn Cat oder Bike.«

Mit einem raschen Blick sucht sie die Zustimmung ihres jüngeren Bruders.

»Bike.«

»Hallo – Bike.« Er kennt sich mit Kindern nicht aus.

»Mum schläft«, fährt Sass fort. »Sie hat gesagt, wir sollen ausrichten, daß sie Sie morgen früh begrüßt. Aber wir haben schon Ihr Bett gemacht.«

Bike betrachtet den Fremden prüfend.

M. holt seine Taschen aus dem Wagen, die Kinder bilden eine schweigende Eskorte. Das Mädchen versucht seinen Rucksack hochzuheben, gibt sich aber geschlagen. Er wußte, daß die Frau zwei Kinder besitzt und zwei Fehlgeburten hatte, aber daß er mit den Kindern zu tun haben würde, ja sogar mit ihnen würde sprechen müssen, damit hat er nicht gerechnet. Was soll er zu Kindern sagen? Die besten Kinder wollen gar nicht reden, und falls doch, dann nur, weil sie etwas wissen wollen. Spione sind sie, die Kinder, kleine Mörder. Und die Erwachsenen, erinnert er sich, sind der Feind.

Der Eingang ist so niedrig, daß er sich bücken muß. Sobald er drinnen ist, wird ihm klar, daß hier etwas aus dem Ruder gelaufen ist. So hoch sie reichen konnten, haben die Kinder die Wände bemalt. Die Möbel sind bepinselt, auch der Teppich. Überall Farbe, lauter bunte Kleckse. Hier ein blauer Strich, da ein roter Kreis, ein gelber Kringel. Ein Regenbogenhaus. Wie konnte die Mutter das erlauben? Und ja, sie haben ihm tatsächlich das Bett gemacht. Das Kissen ist mit rosa Acrylsternen übersät, und im selben Farbton haben sie einen schwungvollen Spiralwirbel auf sein Federbett gemalt. Das Laken leuchtet, wie er entdeckt, in einem kräftigen Orange. Auf dem Nachttisch hat einer der beiden, sichtlich mit viel Mühe, einen drei Steine breiten Rahmen aus bemalten Kieselsteinen aufgebaut.

Er überlegt, ob ein Mißverständnis vorliegt. Vielleicht ist er im falschen Haus. (Kann das wirklich sein?) Ihm war gesagt worden, die Frau sei zuverlässig, sein Basislager könne ihr anvertraut werden, sie sei durchaus in der Lage, sein Kommen und Gehen im Auge zu behalten, ihn mit allem Nötigen zu versorgen und, falls nötig, Alarm zu schlagen. Er weiß auch, daß sie gut bezahlt wird, sofern seine eigene Entlohnung als Indiz für die Großzügigkeit seiner Firma gelten kann. Sie gefällt ihm nicht, diese *Ungenauigkeit*, sie gefällt ihm ganz und gar nicht. Doch jetzt ist nicht die Zeit, sich zu beklagen, und während er auspackt, seinen Schlafsack über dem orangenen Bettuch glattstreicht, ermahnt er sich, daß Geduld – Geduld eine Tugend ist.

Die Kinder erwarten ihn in dem Wohn-Eßraum: einem Doppelzimmer mit steinkaltem Kamin, das als Kreuzungsbereich für den gesamten häuslichen Verkehr dient. Eine Schüssel mit dampfendem Reis steht auf dem Tisch und dazu eine Flasche Tamari. Das Mädchen schaut ihn an, erwartungsvoll, aufgeregt. Er setzt sich, murmelt etwas Anerkennendes über den Reis und beginnt zu essen. Er muß etwas festgebackenes Fett von seinem Löffel kratzen. »Es gibt vierzehn Löffel in diesem Haus«, sagt Bike. Der Riese – denn M. fühlt sich jetzt als Riese –, der Riese redet nicht beim Essen. Sie beobachten ihn. Nach einer kleinen Weile hält Sass es nicht mehr aus:

»Und? Hat Ihnen Ihr Zimmer gefallen?«

Was?

»Oh ja, ja, natürlich, vielen Dank, sehr schön. Hmm.«

Sie weiß sofort, daß er lügt. Das Leuchten verschwindet aus ihrem Gesicht, sie erstarrt. Bike richtet sich in seinem Stuhl auf. Bis zum Ende der Mahlzeit bleiben sie stumm. Als er fertig mit Essen ist, entschuldigt er sich und fragt nach dem Badezimmer. Eine Katastrophe, wie der Rest des Hauses. Verdreckt. Schwarzer Schimmel überzieht Decke und Wände. Die Kloschüssel ist innen schwarzbraun verschmiert. Die Handtücher stinken. Er atmet durch den Mund. Ganz plötzlich ist er müde und möchte schlafen.

Aus dem Schlafzimmerfenster kann er die dunkle Wand des Steilhangs erkennen, die sich kompakt und dunkel gegen den dunklen Nachthimmel abzeichnet. Bald wird er dort sein. Jetzt, ermahnt er sich, jetzt muß er schlafen. Als er später aus einem sofort vergessenen Traum hochschreckt, brennt noch immer Licht im Haus, und von irgendwoher ist, kaum vernehmbar, das Geräusch von Kindern zu hören, die an irgend etwas herumbasteln.

*

Am nächsten Morgen regnet es, und der Himmel ist grau und unveränderlich, die schiere Unveränderlichkeit, so daß er unmöglich abschätzen kann, wann der Regen vielleicht aufhört. Heute wird er den Steilhang ersteigen. Er zieht sich schnell und mit Sorgfalt an, er hat vor, warm und trocken zu bleiben. Weil alle anderen im

Haus schlafen, geht er nach draußen, um kurz das Gelände zu erkunden. Er findet einen Hühnerstall, einen weiteren Schuppen, folgt einem Pfad bis zu einem knietiefen Bach und scheucht beim Gehen ein paar Wachteln auf. Er will gerade von dem Wasser trinken, als ihm einfällt, daß es durch nahe gelegene Höfe verdreckt sein könnte; vielleicht ist der Bach sogar durch den Holzabfallplatz geflossen. Als er zum Haus zurückkehrt, ist er verwundert, daß noch immer niemand auf ist. Nach seiner Uhr ist es schon acht. Nur die Hühner sind wach und scharren auf ihrem überdachten Fleckchen Erde. Sie wirken gesund und gut genährt: Er registriert ein paar Überreste vom gestrigen Reis. Durch die Hintertür geht er in die Küche. Dort herrscht Chaos. Der Geschirrschrank ist leer, Teller, Schalen und Tassen türmen sich auf der langen Bank, auf dem Fußboden, auf einem kleinen Holztisch an der einen Wand. Das meiste Geschirr ist mit grauem Reis verklebt, und zwischen den Stapeln verfaulen kleine Pagoden aus Gemüseresten. Auch der Gasherd steht voller Geschirr, und soweit er sehen kann, ist ein Halbrund vor der Mikrowellentür der einzige freie Platz. Ein Kasten für Milchflaschen steht verkehrtherum auf dem Boden. Von einem Plakat mit der Parole »Stoppt die Straße nach Nirgendwo« hat sich eine Ecke gelöst, und er drückt sie wieder an die Wand. Irgendwelche Lebensmittel sind nicht zu sehen; sie müssen versteckt sein. Nach einer kurzen Suche entdeckt er hinter einem Tellerstapel einen halben Kürbis und ein paar verschrumpelte Mangoldstengel. Er tritt dauernd auf knirschende Eierschalen, hört unsichtbare Kakerlaken umherhuschen, und der Geruch – bei dem Geruch muß er sich beinah übergeben.

Das Haus bleibt still; er wird sie wecken müssen. In einem kleinen Raum hinter dem Wohnzimmer findet er die Kinder zusammengekuschelt in einem schmalen Bett. Bike hat sich an den Rücken seiner Schwester geschmiegt, ein Arm liegt über ihrer Hüfte. M. klopft an die Tür, räuspert sich dann – ohne Erfolg.

»Guten Morgen«, sagt er laut.

Sass wacht auf. Noch im Schlaf spürt Bike eine Veränderung und rollt sich weg.

Das Mädchen ist so müde, daß eine dünne Haut aus Schlaf ihre Augen eidechsenartig verschleiert, und er fragt sich, um wieviel Uhr die beiden wohl endlich ins Bett geschlichen sind.

»Martin David«, murmelt sie. »Jack kommt heute morgen und zeigt Ihnen den Weg nach oben.«

»Wann?«

»Irgendwann vormittags, hat er gesagt.«

»Um wieviel Uhr?« fragt er.

»Irgendwann. Wie spät ist es?«

»Elf nach acht.«

»Irgendwann bald.« Ihre Augen schließen sich, sie schmiegt sich um ihren Bruder.

»Ist eure Mutter zu Hause?« fragt er ungeduldig.

Sass schießt alarmiert hoch.

»Wecken Sie sie nicht. Sie dürfen sie nicht wecken!«

Was soll er davon halten? Eine schlafende Prinzessin als Mutter? Zeit zum Aufstehen. Er will sie gerade suchen gehen, als es sehr leise an die Haustür klopft. Da er der einzige ist, der nicht mehr im Bett liegt, geht M. an die Tür.

»Jack Mindy.«

»Martin David«, erwidert er.

Jack Mindy hat ein rötliches, teigiges Gesicht, blaue Augen unter halb gesenkten Lidern und strähniges graues Haar, das über seine kahle Stelle gekämmt ist. Er ist ein Meter achtzig groß, hat breite Schultern und einen mächtigen Brustkasten. Er hätte locker die Tür eindrücken können. Ohne zu fragen, tritt er ins Haus und läuft zu dem Raum, der offenbar das Schlafzimmer der Frau ist. Er geht hinein und schließt die Tür hinter sich. Drinnen findet eine leise, sanfte, heimliche Unterhaltung statt.

»So«, sagt Jack, als er aus dem Zimmer kommt und die Tür fest zuzieht. »Dann geht's jetzt los. Sind Sie fertig?«

Ja, er ist fertig.

»Nur für den Tag?« vergewissert M. sich.

»Richtig, nur mal zum Gucken, vorm Dunkelwerden sind wir zurück. Hab was zu essen mit.«

Sie nehmen Jack Mindys Pickup. Beim Fahren redet Jack nicht viel. Sie sind noch nicht lange unterwegs, als er in seine Tasche faßt und zwei gekochte Eier herausholt: »Frühstück«, sagt Jack. M. nickt ein Dankeschön und nimmt die Eier. Nach einem halbstündigen Schweigen dreht Jack sich geschickt eine Zigarette, er blickt Martin David an und wartet auf Feuer.

»In letzter Zeit mal oben gewesen?« fragt M., läßt eine Flamme aus seinem Feuerzeug schießen und nutzt die günstige Gelegenheit zu einer Frage. Jack nimmt einen tiefen Zug.

»Das letzte Mal?« Er blickt ihn an, um zu sehen, ob es das war, was er eigentlich gefragt hat. »Das letzte Mal bin ich hier hochgefahren, um nach Jarrah Armstrong zu suchen.«

Wer? Wer war – wer ist – Jarrah Armstrong? M. schüttelt den Kopf.

»Haben Sie denn nichts davon gehört?« fragt Jack Mindy. »Haben Sie nicht gehört, daß er verschwunden ist, Ende letzten Sommers war das. War oben für seine Universitätsarbeit, ist nie wieder runtergekommen. Hat die Universität Ihnen das nicht gesagt?«

»Andere Universität.«

»Ach so. Na, das war ein verdammter Alptraum. Zwei Wochen lang hat die Bergwacht nach ihm gesucht. Nicht das geringste Zeichen. Seine Frau, na, Sie haben sie ja gesehen, es geht ihr sehr schlecht seitdem. Jarrah war ein guter Mann, er war wirklich ein guter Mann. Meine Frau kümmert sich ein bißchen, tut, was sie kann..., aber das ist nicht leicht. Eine häßliche Geschichte war das, eine ganz häßliche Geschichte.«

Oh? M. wartet. Aber Jack sagt nichts mehr.

Das ist beunruhigend: Was sonst noch ist ungesagt geblieben? Und wie hatten sie so nachlässig sein und ihm diese Information vorenthalten können: Der Mann der schlafenden Frau ist tot, sie muß verstört sein und ist deshalb nicht zuverlässig. Soll er sein Unternehmen abbrechen? Sich zurückziehen, solange er noch warm und trocken ist und einen vollen Bauch hat? Die Firma würde es verstehen: Er könnte später wiederkommen, nachdem der Plan gründlich überarbeitet worden wäre. Doch nein, M. versteht das Wesen seines Auftrags sehr wohl: Die Zeit ist von entscheidender Bedeutung, er wird nicht fürs Zweifeln bezahlt, er ist keiner, der schnell aufgibt, und falls er es täte, würde jemand anders bereitstehen und nur zu gern seinen Job übernehmen. Und deshalb hebt er die Augenbrauen und zieht als Antwort ein »Das-tut-mir-leid«-Gesicht.

Jack verläßt die ungepflasterte Straße und biegt in die Feuerschneise ein, die unten am Steilhang entlangführt. Der Weg ist holprig und schmal, und mehr als einmal kann Jack nur mit Mühe das Lenkrad wieder unter Kontrolle bringen. Zweige schlagen gegen die Fenster. Sie halten bei einem kleinen Schierlingstannenwäldchen, an einer Stelle, die für ungeübte Augen mitten in einem überfüllten Nirgendwo liegt. Jack geht um den Wagen herum, zieht die Plane weg, holt die Rucksäcke heraus. Er wirft M. seinen Rucksack zu, als wär's eine Tüte mit Äpfeln. Ein feiner Regen fällt, während die zwei Männer Lockerungsübungen machen, wobei M. mit den Händen seine Knöchel umfaßt und Jack die Hände in die Hüften stemmt, sich aus der Taille heraus nach vorn beugt, dann abwechselnd zur einen und zur anderen Seite und schließlich, mit verzerrtem Gesicht, nach hinten.

»Sehen Sie den gelben Eukalyptusbaum mit dem doppelten Stamm da«, sagt Jack und zeigt darauf, »merken Sie sich den.«

Und dann marschieren sie los, folgen einem Pfad, der sich rechts an dem gespaltenen Eukalyptus vorbeischlängelt und am wenigsten Hindernisse für den Aufstieg verspricht. Er hat Stiefelbreite und ist überwuchert: wuchert immer noch. An diese Sorte Busch muß man sich gewöhnen, und mehr als einmal wird M. seine geliebte Kappe vom Kopf gerissen – geliebt, weil er seine Augen liebt. Nach kürzester Zeit schon müssen die Männer richtig klettern, denn jetzt führt der Weg steil aufwärts, eine jäh ansteigende, schlammige Rinne, in der Wasser fließt. Vor hundertfünfundsechzig Millionen Jahren waren gewaltige Kräfte explodiert, gegeneinandergeprallt und hatten die Ebene Hunderte von Metern in den Himmel geschleudert. Jetzt rutschen die beiden immer häufiger aus, müssen sich an Farnen festhalten, um nicht das Gleichgewicht zu verlieren. Jack geht voran, schwingt eine Machete und setzt bei jedem Schritt den Fuß mit der ganzen Sohle auf. Wenn es nötig ist, hakt er eine Stiefelspitze fest unter eine freistehende, schuppig schwarze, feuchte Baumwurzel und schwingt sich erst dann mit Hilfe eines kräftigen Baumstamms in die Höhe: Er bewegt sich langsam und sicher. M. geht lieber etwas schneller. Er läßt Jack ein ganzes Stück vorausgehen und holt ihn dann ein, wobei er das Gewicht jedes Schritts auf den Ballen legt und nie die Ferse aufsetzt. An den steilsten Stellen kriecht er auf allen vieren wie eine Katze, mit Armen so stark wie Beine. Er bewegt sich, als wäre er mit seinem Rucksack verwachsen. Eine Stunde vergeht, ehe das erste Zeichen eines Vorgängers auftaucht: Ein daumendicker Zweig ist in einem neunzig-Grad-Winkel geknickt. Dann, nicht weit davon entfernt, eine schwarze Markierung am Stamm eines Most-Eukalyptus.

»So«, sagt Jack, »das hätten wir.«

Sie überqueren ein kleines Rinnsal und machen Rast. M. läßt sich auf die Knie nieder und schöpft das Wasser mit beiden Händen. Es ist eisigkalt und beißend, erfrischend. Er spürt, wie sein Herz pocht. Jack schnallt seinen Rucksack los, läßt ihn von den Schultern gleiten und schwer zu Boden fallen. Er holt eine Plastiktüte mit

Essen heraus, kramt theatralisch ein bißchen weiter und fördert fröhlich eine Tafel Schokolade zutage.

Worüber denkt der gute Jack wohl nach, während er so dahinstapft, überlegt M. Sicherlich ist ihm der verschollene Mann durch den Kopf gegangen. Oder liegt er noch sorglos und warm bei seiner Frau im Bett? Vielleicht ist es auch das vollbusige junge Mädchen im Lebensmittelladen, die Art, wie sie ihr Kaugummi kaut und die Fernsehzeitschriften durchblättert, während sie zerstreut ihr Haar um den Finger wickelt. Oder eine warme Mahlzeit mit Lammbraten und Kartoffeln, die ungelesene Tageszeitung von heute, die Gasrechnung? Die glorreichen Tage, als er sich mit Lust seinen Pfad selber freischlug, furchteinflößend und unaufhaltsam? Wie mochten sie ihn wohl damals genannt haben? Den tollen Jack, Jack Flash? Oder, und das hält M. für das Wahrscheinlichste, vielleicht denkt der gemächlich vorwärtsstapfende, clevere alte Jack an gar nichts.

Was M. angeht, ihn, der weder an eine Frau noch an ein Heim noch an eine Liebste gebunden ist und keinen einzigen Freund besitzt, so schwärmen seine Gedanken aus, sie wandern. Der Pfad, dem die beiden folgen, wurde von alten Fallenstellern freigeschlagen. Bei seinen Nachforschungen über die Gegend hat er gelesen, daß eben dieser Weg vor hundert Jahren von Männern benutzt wurde, die auf ihren Schultern bis zu siebzig Pfund schwere Bündel mit Wallaby- und Opossumfellen schleppten. Auch Tigerfelle oder -kadaver: Das war einmal. Oben auf der Hochebene wurden mehr Tiger gefangen als irgendwo sonst auf der Insel. Jene rauhbeinigen Männer zogen im Winter hinauf, wenn der Pelz der Tiere am dichtesten war, und kampierten dann buchstäblich monatelang in primitiven Holzhütten. Harte Zeiten, ja, aber auch Zeiten des Überflusses. Jungen bestürmten damals ihre Väter, flehten sie an und wollten mit. Und das hätte M. auch getan, er hätte gebettelt. Er hätte oben in Schnee und Eis gehaust, und jeden Morgen hätte er seine Lederhose angezogen, sein Gewehr gereinigt und wäre auf die Jagd gegangen. Ohne sich zu beklagen. Und an Tagen, an denen er Auge in Auge dem »Tyger« gegenübergestanden hätte, jenem Monster, das sein legendäres Maul 120 Grad weit aufreißen konnte, jenem fleischfressenden Beuteltier, das die frühen Entdecker so verwirrt hatte – dem »gestreiften Wolf«, dem »Beutelwolf« –, dann hätte er, von seinem Vater ermutigt, furchtlos auf den Abzug gedrückt und den Frieden zerstört. »Mein Junge«, hätte sein Vater später zu seinen Jagdkameraden gesagt, die ums Feuer hockten, »das ist mein Junge.«

Aber – und an dieser Stelle finden M. s Gedanken, die sich irgendwo niederlassen wollen, endlich einen willkommenen Ankerplatz in der Kindheit – was stand ihm, dem Jungen, denn zur Wahl? Nichts, worum er gebettelt hätte. Das größte Abenteuer, das er jemals zusammen mit seinem Vater erlebt hatte, war die Fahrt zum jährlichen Rodeo in der Nachbarstadt. Sie brachen dann in aller Frühe auf und waren am selben Tag schon zum Abendessen wieder zurück: einmal im Jahr, drei Jahre hintereinander, und nach drei Jahren beschloß sein Vater, der Arzt am Ort und im Grunde genommen ein ruhiger und bodenständiger Mann, daß es nun für beide reichte. Es ist lange her, daß er den alten Mann zuletzt gesehen hat, mindestens – wieviel? – zehn Jahre –, und da fällt M. ein, daß seine Eltern womöglich längst tot sind, einfach weg. Dieser Gedanke beschert ihm plötzlich und unerwartet Frieden.

Er klettert.

Der Regen hat aufgehört. Ein umgestürzter Schnee-Eukalyptus blockiert den Weg, und Jack bleibt stehen, während M. in beide Seiten des riesigen Stamms eine Stufe hackt. Es klingt laut, brutal.

»Hier ist Schluß für heute«, sagt Jack nach einem Blick auf seine Uhr.

Sie machen Mittagspause und kehren um. Sie kommen überein, daß M. vorausgeht. Und er tut es auf seine Art: Er rutscht, schlittert, stößt Baumstämme beiseite, reißt an Farnen, die kühle Luft dringt in seine Lungen, seine Waden und Oberschenkel sind angespannt, seine Augen wach, mit fliegenden Füßen überspringt er nasse schwarze Felsbrocken, schlingert nach links und nach rechts, stürmt den Hang hinunter und hält sich die ganze Zeit trotzig aufrecht. Als hinge sein Oberkörper an einem unsichtbaren himmlischen Faden. Hin und wieder bleibt er stehen, um auszuruhen. Dann stürmt er weiter, läßt Jack hinter sich. Als er schließlich das Ende des Pfads erreicht, läßt er seinen Rucksack fallen, und nachdem er kurz seine Glieder ausgeschüttelt hat, streckt er sich auf dem harten Boden aus. Er schätzt, daß er den Abstieg in drei Stunden schaffen kann. Mit dem Kopf auf seinem Rucksack liegt er da und wartet geduldig, bis die Sonne und der alte Mann ihren Weg nach unten zurückgelegt haben.

Jack Mindy setzt ihn am Haus wieder ab.

»Danke.«

»Schon gut«, sagt Jack und macht sich davon.

Um niemals, hofft M., wieder aufzutauchen.

*

Sass öffnet ihm die Tür. Heute abend ist sie rosa: ganz
und gar rosa.

»Er ist da«, ruft sie nach hinten in den Flur, ohne
hallo zu sagen.

Er zieht seine verdreckten Stiefel aus und läßt sie an
der Tür stehen. Noch in Regenkleidung trägt er den
Rucksack in sein Zimmer. Zum Glück ist das Bett so,
wie er es verlassen hat. Er sieht, daß die Tür ein Schloß
hat, und beschließt, später nach dem Schlüssel zu fragen. Erst nachdem er warme, trockene Sachen angezogen hat, wagt er sich ins Wohnzimmer. Im Kamin
flackert ein kleines Feuer, der Raum ist warm und riecht
angenehm nach Holzrauch.

Und was ist das? Dornröschen ist erwacht. Als er
sich umdreht, sieht er sie am Tisch sitzen, zu beiden Seiten von ihren Aufpasserkindern flankiert. An der Wand
hinter ihr hängt ein Plakat mit einem Einhorn, das zwischen silbern strahlenden Wolken umhertollt, unend-
lichen Wolken, und von dort, wo M. steht, sieht es so
aus, als wüchse ihr das Einhorn aus dem Kopf. Unter
den Wolken fällt schulterlanges zerwühltes Haar vom
selben Blond wie das ihres Sohns, und er stellt fest, daß
sie die scharfen Wangenknochen und das spitze Kinn
ihrer Tochter besitzt. Sieht nicht schlecht aus. Er
schätzt, daß sie ungefähr in seinem Alter ist, etwas über
dreißig; vögelbar, außer daß er durch den Rauch hindurch den leichten Schweißgeruch ungewaschener

Bettwäsche wahrnehmen kann. Auch die Augen kehren in den Gesichtern der Kinder wieder, zumindest in Schnitt und Farbe. Etwas allerdings ist anders, und in dem Dämmerlicht braucht er eine Weile, bis er erkennt, daß die Frau unter Drogen steht, daß ihre Augen rotgerändert und schwer sind. Womit sie sich während des Wartens beschäftigt hat, weiß er nicht. Kein Buch liegt vor ihr und keine Illustrierte, kein Fernseher läuft, kein Radio ist an.

»Mum, das ist Martin David«, sagt Sass.

»Hallo«, sagt er höflich und denkt: Ich werde immerzu vorgestellt.

»Hallo«, erwidert sie. Sie reißt sich zusammen. »Hallo. Lucy Armstrong.«

»Martin David.«

»Mum fühlt sich nicht gut«, erklärt Sass in einem irgendwie desinteressierten, beiläufigen Ton.

»Es tut mir leid«, sagt Lucy. »Schreckliche Kopfschmerzen, manchmal bin ich...« Ihre Stimme verliert sich, kehrt zurück. »Manchmal bekomme ich schreckliche Kopfschmerzen.«

»Das ist nicht schön«, sagt er und fährt dann, um auch etwas beizusteuern, fort: »Ich hatte mal einen Freund, dem ging es genauso.«

Diese Bemerkung bleibt ohne Antwort. Lucy reibt sich die Wange mit einer langen, feingliedrigen Hand, schiebt die Haut unter dem Auge hoch. Wie lange ist sie wohl schon so, fragt er sich. Und während er überlegt, geschieht etwas Merkwürdiges – hier am Kamin dämmert ihm etwas, er weiß nicht woher: Er merkt, daß Zweifel in ihm aufsteigen. Haben sie ihn als eine Art Versuchsobjekt losgeschickt? Wollen sie, daß er Erfolg

hat, oder ist dies hier – was eigentlich? – ein völlig sinn-
loser Auftrag? Ist er, M., entbehrlich? Ja, natürlich ist er
das: Schlag der Gorgo ein Haupt ab, und es wird ihr ein
neues wachsen, aber – und da sitzt der Zweifel – ist
seine Zeit jetzt gekommen? Rasch, bevor es zu spät ist,
ermahnt er sich: Bleib auf dem Boden.

»Komm, Mum«, sagt Bike liebevoll.

Der Junge steht auf, um seiner Mutter zu helfen,
zieht sie sanft hoch und umfaßt ihre Taille, während sie
schwankend zu ihrem Zimmer geht. Ein mit Zeitungs-
papier gestopfter langer Strumpf ist an seiner Hose befestigt. Was ist das? Ein Schwanz?

»Wo waren Sie?« fährt Sass ihn an, stützt die Ellbogen auf und beugt sich vor.

Eifersüchtig. Zu seiner Überraschung ist das Mädchen eifersüchtig. Er vergißt seinen Zweifel, erstickt
ihn, vergißt die Mutter und konzentriert sich auf das
Mädchen. Ihm wird klar, daß sie es ist, mit der er zumindest für die nächsten paar Tage zu tun haben wird.
Ein Mädchen! Und, was noch schlimmer ist, ein eifer-
süchtiges Mädchen – aber eifersüchtig worauf? Auf die
Zeit, die er mit Jack verbracht hat? Auf den Aufstieg
zur Hochebene? Ganz bestimmt nicht.

»Ich bin mit Jack den Steilhang hochgestiegen«, sagt
er kurz angebunden. Mehr wird er darüber nicht sagen.

Doch seine Antwort hat das Mädchen entflammt.

»Ah ja, und wo genau – ganz genau?« beharrt sie.
»Hat er Ihnen den Eukalyptus mit den zwei Stämmen
gezeigt? War das da in der Gegend?«

»Warst du mal dort?« fragt M.

»Ja, wir sind da oben gewesen.« Jetzt wird sie listig.
»Kommen Sie von der Universität?« Sie hätte ihn ge-

nausogut auffordern können, ein Verbrechen zu gestehen.

»Ja, von Sydney.«

»Wie alt sind Sie? Was ist Ihr Sternzeichen? Haben Sie eine Frau?«

Wie bitte? Das, so denkt M., ist die Rohform penetranter Neugier, wie Frauen sie später zwar verfeinern, aber nie wirklich abschütteln. Es wäre ihm lieb, wenn das Mädchen den Mund hielte.

Zum Glück wechselt sie schnell das Thema, als Bike zurückkommt.

»Möchten Sie zu Abend essen?« fragt sie.

Er hat Hunger.

»Ja, bitte.«

»Bike, hol das Essen.«

Ohne zu fragen, geht Bike in die Küche und holt eine große Schüssel mit lauwarmem Reis, gekrönt von gekochten Eiern und einem Klacks Tamari. Wortlos stellt er sie vor den Erwachsenen hin.

»Und eine Gabel«, befiehlt Sass.

M. weiß diese klare Abfolge von Befehlen zu schätzen, und während des Essens versucht er abzuwägen, wie lange das Mädchen den Haushalt wohl zusammenhalten kann. Wenn es nur um Essen und Unterkunft ginge, würde sie es monatelang schaffen. Er hat einmal ein Buch gelesen, in dem drei Kinder ihre Mutter im Garten vergraben und – wie lange? – niemandem etwas davon erzählen. Schließlich wird ihre Tat zwar entdeckt, ja, aber nicht, weil sie sich selbst verraten hätten.

»Was für ein Tier bist du?« Jetzt ist er nett zu dem Jungen.

»Ein Mensch«, sagt Bike mürrisch.

30

Oh.

»Spielen Sie gern Karten?« fragt Sass.

Die Erwähnung von Karten belebt Bike. Wie einfach ist es, das Kind zu durchschauen.

»Karten, hmm, nein, eigentlich nicht.« Jetzt sieht M. zu, daß sein Teller leer wird.

Bike sackt in sich zusammen.

Er ist noch nicht lange in seinem Zimmer, als die Tür leise aufgestoßen wird. Es ist das Mädchen, das irgendwas unter ihrem rosa Pullover versteckt hält.

»Mr. David?« Jetzt ist sie schüchtern. Sie überreicht ihm ein Päckchen, das in roten Samt eingeschlagen ist. »Nehmen Sie das. Wenn Sie nach oben gehen. Nehmen Sie das, Sie können es eine Weile behalten.«

Was kann das sein? Dieses trojanische Geschenk? Unter dem Samt ist... eine Fotografie, ein Schnappschuß in Farbe. Sass, mit längerem Haar, und Bike und Lucy – ist das Lucy? – ja, sie sieht wie eine andere Frau aus, eine jüngere Frau, die eine schwache Ähnlichkeit mit ihr hat, wie eine glücklichere, jüngere Schwester. Rechts neben ihr steht... mit der Hand auf Bikes Kopf... – das muß er sein – Jarrah Armstrong. Er lächelt mit der Selbstgewißheit eines Buddha in die Kamera. Oh, jetzt ist auch klar, woher Sass ihr tiefschwarzes Haar hat. Das also ist der lächelnde Mann, dem eine Frau ihr Leben geopfert hat. Der Schöpfer des Tyrannen-Mädchens und des Schwanz-Jungen. Und dann begreift er: Das Mädchen hegt noch immer Hoffnung. Ihr Vater ist dort oben auf der Hochebene, verschollen zwar, aber fest entschlossen, seinen Weg hinunter zu finden. Den ganzen Winter über hat er nach der Spur gesucht, hat in Höhlen gelebt, Feuer gemacht... wie?... indem er schneenasse Stöcke aneinandergerieben hat. Als Nahrung gab es nur Bennetts Wallaby und gelegentlich ein Pademelon. Oh, er ist schlau, ihr Vater, ein Mann mit Zauberkräften. Und jetzt begreift M.: Wenn er, der Naturforscher, auf den Wanderer treffen würde, wenn er ihn anhand der Fotografie erkennen und auf den Heimweg schicken würde, dann wäre alles wieder gut. Der Bann wäre gebrochen, Dornröschen würde erwachen... Nur ein Kind konnte solche Hoffnung, solch einen Glauben nähren.

Ich bin ein Profi, ermahnt er sich. Und ich brauche dieses Mädchen für mein Basislager. Sie muß mich mit Nahrung und Unterkunft versorgen und über mein Kommen und Gehen Protokoll führen. Wenn ich auch nur einen halben Tag überfällig bin, muß sie Hilfe herbeirufen. Ansonsten darf mein Tun unter keinen Umständen nach außen dringen. Alles was sie zugänglicher für meine Belange macht, muß bestärkt werden. Ihr Vater ist tot, daran besteht kaum Zweifel, aber sie weigert sich, das zu glauben. Falls sie denkt, daß sie mich braucht, dann soll es so sein. Sie hat noch nie jemanden so gebraucht, wie sie jetzt mich braucht.

»Okay, Sass, wenn ich ihn finde, bringe ich ihn herunter.«

*

Es ist später Vormittag, als er fertig gepackt hat und bereit für den Aufstieg ist. Das Mädchen, mit kindlicher Begeisterung, hat ihn hervorragend versorgt: Von irgendwoher hat sie sechs Eier, getrocknete Früchte und Nüsse, ein Stück Hartkäse (ein Wunder), eine Tüte Reis und eine alte, aber noch genießbare Knoblauchknolle gezaubert. Er hat alles bis auf den Knoblauch genommen. Knoblauch stinkt, ein verräterisches Signal. Zusammen mit seinen eigenen Vorräten wird es für den Fünf-Tage-Trip reichen. In Zukunft wird er in der Stadt einkaufen und selbst für seine Verpflegung sorgen müssen. Aber jetzt ist es erstmal genug, und genug ist reichlich.

Nachdem Bike zum Eierkochen geschickt worden ist, nimmt M. Sass zum Abschied beiseite und verstaut die Fotografie vor ihren Augen mit einem speziellen kleinen Zeremoniell in einer Seitentasche seines Rucksacks. Er hat das rote Samtpäckchen sogar in Plastikfolie gewickelt, damit es nicht feucht wird.

»Da, heil und sicher.«

Sie nimmt seine Hand und drückt sie voller Zuneigung. Ihre Hand ist klein und warm und paßt leicht in seine Pranke. Sie kennt sich aus mit Expeditionsvorbereitungen, ihr eigener Vater muß Hunderte Male hochgestiegen sein, deshalb weiß sie, daß das Rucksackgewicht von größter Bedeutung ist, daß selbst ein Foto etwas wiegt. Ja, das Mädchen ist gerührt: Tatsächlich ist er fast selber überrascht von seiner liebenswürdigen Geste.

Vor dem Aufbruch vergewissert er sich, daß sie sich auch richtig verstanden haben. Wenn er nach fünf Tagen nicht bei Einbruch der Dunkelheit zurück ist, muß Sass die Bergwacht anrufen. Er plant, viereinhalb Tage unterwegs zu sein, so daß er einen Spielraum von einem halben Tag hat, falls etwas schiefgeht. Auf einer geomorphologischen Landkarte im Maßstab 1:15 000 hat er mit Bleistift das Gelände eingekreist, das er durchstreifen will. Ja, das sieht sie, sie steckt die Karte ein.

»Okay, okay«, sagt Sass. »Das haben Sie doch schon gesagt. Fünf Tage.«

Bike ist nach draußen gekommen, um auf Wiedersehen zu sagen oder – was wahrscheinlicher ist – um zu gucken, ob alles in Ordnung ist. Er stellt sich vor die beiden und sagt in sachlichem Ton: »Eine Woche hat sieben Tage.«

Da beide Kinder sich so idiotisch benehmen, ist M. fast versucht, das Foto wieder herauszuholen und auf den Boden zu werfen. Aber nein, Geduld, Geduld. Geduld ist eine Tugend.

»Also gut, ihr zwei, bis in fünf Tagen.«

»Tschüß«, sagt Bike.

»Viel Glück«, sagt Sass und grinst.

M. hat keine Schwierigkeit, den Weg zu finden. Sein Rucksack wiegt 22,6 Kilogramm, und trotz seiner Berufserfahrung, seiner Körperkraft und seiner guten Laune spürt er beim Klettern jedes einzelne Kilo. Aber alles, was er trägt, ist lebenswichtig und sinnvoll. Um sich abzulenken, überläßt er sich einer seiner Lieblingsmeditationen: Er geht seine Ausrüstung durch und beginnt ganz unten im Rucksack. Als er beim Gaskocher ist, der zwischen der Bodenplane und dem Schlafsack steckt, beschleunigt er ungewollt seinen Schritt, hebt die Knie ein wenig mehr. Der Kocher, der Kocher – leuchtendblau und mit silbrigen Raumschiffbeinen – ist kein Gerät zum Essenkochen, nein, kein solcher Blödsinn, kein verräterischer Wegweiser. Der

Gaskocher ist sein einziger Luxus, für hinterher. Dann, wenn alles erledigt ist, wird er sich dort oben hinsetzen und in aller Gemütsruhe seinen kleinen Kocher auf einer ebenen Stelle aufbauen, sein eines Tütchen mit gemahlenem Kaffee, das er dabeihat, ausgraben, dazu den Zucker und die Milchtütchen; und mag es auch regnen oder hageln, er wird das Gas anzünden und sich eine einzige köstliche Tasse Kaffee aufbrühen. Und dieser Kaffee, wie gut kennt er diesen Kaffee, es wird die süßeste, köstlichste, wärmste Flüssigkeit sein, die je durch eines Mannes Kehle gelaufen ist. Er wird dort oben sitzen, die Wasserflasche aus Edelstahl in den behandschuhten Händen halten, so wie er es immer tut, wenn er einen Auftrag erledigt hat, und die süße Flüssigkeit langsam... Aber selbstverständlich kann er auch darauf verzichten. Selbstverständlich. Nicht wie andere, mit denen er zu tun hatte, Soldaten, die sich plötzlich weigerten, zu einem Einsatz aufzubrechen, da sie in letzter Minute ihren Glückslöffel oder den Talisman einer verflossenen Liebe oder, noch schlimmer, eines gestorbenen Kameraden nicht finden konnten. Er kann auf sein Kaffee-Manna verzichten. Ja, ganz sicher, wenn man ihn bäte, würde er sich zweifellos davon trennen... Jetzt weiter nach oben im Rucksack: Schlafsack, Sicherheitsleine, Erste-Hilfe-Set, Gewehr (zerlegt und wie Schmuck in eine Titanschachtel gebettet), Operationsbesteck, Nachtsichtgerät, Carbonfaserpflöcke, Draht, Taschenlampe, Reservebatterien, GoreTex-Cape... Als er mit seinem Mantra durch ist, ist er schon gut vorangekommen und so warm, daß er seine Polartechjacke ausziehen kann.

Er hält, um seine Wasserflasche zu füllen und seine Lungen zu beruhigen. »Trink, bevor du durstig wirst«, ermahnt er sich, obwohl die Ermahnung unnötig ist, nur die Überschrift für eine tiefsitzende Gewohnheit, ein Nachtrag. Während er entschlossen weitermarschiert, wandert er in Gedanken erneut zu dem Verschollenen, was vielleicht unvermeidlich ist, da er ihn nun auf dem Rücken trägt. Vielleicht auch nicht. Er erinnert sich an das letzte Mal, als er Grund hatte, einen Mann zu tragen. Wie hieß er noch? Ollie? Ein Südafrikaner, ebenfalls Exsoldat, der sich dem multinationalen Biotechnologiekonzern verpflichtet hatte. Ein Mitglied des Neuen Commonwealth – westlicher Transzendentalist und Wächter einer Diamantmine – gerade zwanzig Jahre alt und neu im Geschäft. So neu, daß er in eine Falle stolperte. Eine primitive Stahlkralle, die Wilderer im Wald unter Humus und moderndem Holz verborgen hatten. Die Falle war zugegebenermaßen ein gut verstecktes, sauberes Stück Arbeit, und es war vielleicht nur Zufall, der bestimmte, wer von beiden Pech hatte und sie lostrat. Rumms! Beinah wären sie beide in die Luft gesprungen, als die allmächtigen Stahlklauen zuschnappten. Aber Ollie sprang nicht, konnte nicht springen. Die stählernen Zähne durchbohrten seinen Stiefel wie Butter, gruben sich in seinen linken Knöchel. Es war Schwerarbeit, sie auseinanderzustemmen. Er mußte sein Messer nehmen, um das Scharnier abzumontieren. Und Ollie, das mußte man ihm lassen, hatte sich ganz still verhalten und fest in seinen Jackenärmel gebissen. Sie konnten nicht dort bleiben; mit Sicherheit würde ein Wilderer zurückkommen, um den Fang von seinem Elend zu erlösen, und wenn er sie dort fände, wäre ihr gesamter Auftrag in Gefahr. Also schleppte er den Jungen kurz entschlossen durch den Wald – wobei sie ein schreckliches dreibeiniges, vierarmiges, buckliges Monster abgaben –, bis sie endlich zu einem sicheren Rastplatz kamen. Dort lehnte er den Jungen gegen einen Banyanbaum und desinfizierte die Wunde – die Schmerzen waren so groß, daß die Augen des Jungen flackerten und wegkippten. Und nachdem er alles getan hatte, was er tun konnte, schob er dem Jungen vorgekaute Betelblätter in den offenen Mund, bettete das Bein auf einen Blätterhaufen, damit das Blut nicht in die Erde sickerte, und ging Hilfe holen. Aber während ihres ungefügen Monstertanzes durch den Wald hatte er keine Minute an den Jungen gedacht. Nein, jetzt erinnert er sich genau, er hatte an etwas Praktisches gedacht: an die unleugbare Blutspur, die sie hinterließen. Er hatte den Jungen schließlich in einem Krankenhaus in der Nähe abgeliefert – es war nicht mehr Zeit genug, um ihn noch mit dem Hubschrauber auszufliegen –, und später hörte er, daß das Bein nicht mehr zu retten gewesen war, zumindest vom Knie an abwärts nicht.

Ollie, eine Abkürzung für Oliver. Die Geschichte war auch ein Lehrstück gewesen. Du konntest dir den eigenen Fuß abhacken und überleben. Ein Test: Mein Fuß sitzt in einer Felsspalte fest, würde ich es selber tun? Ja, er stellt sich vor, wie er sein Messer herausholt und auf seinen eigenen Knöchel einhackt. Am besten wäre es, er würde in den Stiefel fahren und an der Stelle, wo das Schienbein aufhört, die Bänder durchstoßen und die kleineren Fußwurzelknochen durchschneiden. Er müßte es schnell tun und seine ganze Kraft für die ersten Schnitte benutzen, bevor ihm die Sinne schwänden. Der entscheidende Teil, der wirklich entscheidende Teil würde im Warten auf Hilfe bestehen.

Und da fällt ihm Jarrah Armstrong ein: Wie lange hat er gewartet – hat er überhaupt gewartet? Und falls er gewartet hat, in welcher Verfassung? Die Phantasien des Mädchens waren nicht ganz und gar lächerlich; wenn der Mann nur verschollen und nicht verletzt war, gab es keinen Grund, daß er nicht hätte überleben können, selbst einen Schneesturm oder einen ganzen Schneesturmwinter. Aber der Winter oben auf der Hochebene mit nichts als Schnee und Wind und Eis – das, muß er zugeben, wäre hart, sehr hart. M. zieht eine andere Möglichkeit vor: Der Mann wollte gar nicht gefunden werden. Vielleicht war er weggegangen, um zu sterben, so wie der Leopard, der in fast 6000 Meter Höhe auf dem Kilimandscharo gefunden wurde. Wie ein alter Hund. Doch nein, der lächelnde Mann auf dem Foto hat nicht vor, zu sterben. Es ist nirgendwo in seinem Gesicht zu erkennen und auch nicht in der Geste, mit der er den Jungen streichelt.

Die Wolken hängen tief und taubengrau am Himmel. Heute hat es noch nicht geregnet. Mittlerweile liegt der umgestürzte Baumstamm längst hinter ihm, und bald, sehr bald, wird er die Hochebene erreichen. Weiter oben kann er zwischen den luftigen Baumkronen kleine Himmelsausschnitte erkennen, woraus er schließt, daß es dort offenbar flacher wird. Als er sich zwischen zwei verkrüppelten Schnee-Eukalyptusbäumen hochzieht und auf einigermaßen ebenem Boden landet, ist er verblüfft, wie plötzlich der Pfad endet. Er blickt sich um und sieht, daß es schwer sein dürfte, die

Stelle wiederzufinden. Deshalb markiert er sie sorgfältig mit leuchtendorangenem Klebeband. Um sich doppelt abzusichern, zieht er sein Messer aus der Scheide und schneidet jeweils zwei kleine Kerben in die beiden Eukalyptusbäume, die er gerade hinter sich gelassen hat. Und etwas später setzt er in regelmäßigen Abständen kleine Steinhäufchen ins niedrige Gebüsch und knickt Zweige um. Neben einem seiner Steinhaufen entdeckt er eine kaum fingerspitzengroße purpurrote Triggerblume. Ganz vorsichtig imitiert er mit einem Farnblättchen eine Biene: Der pollenbeladene Stempel der Blüte schießt los und trifft den Farn. Das Unterholz, das den Steilhang bedeckt und bis über den Rand der Hochebene wächst, macht das Gehen mühsam. Teebaumpflanzen mischen sich jetzt darunter. Mit ihren kleinen, harten, stachligen Blättern können diese grünglänzenden, zähen Gewächse auf dem nährstoffarmen Doleritgestein der Hochebene überleben. Unterwegs hält er ständig Ausschau nach irgendwelchen Exkrementen: nach eckigen Wombat-Brocken, dunklen Wallaby-Kügelchen und Knäueln mit Haaren und Knochenresten vom Beutelteufel.

Schon bald nach der Stelle mit den Eukalyptusbäumen bleibt er stehen, um eine Peilung vorzunehmen. Dazu entfernt er sich von dem frei stehenden Eisenstein, der, wie er weiß, den verläßlichsten Kompaß irritieren kann. Er fixiert einen Punkt vor und einen hinter sich: Auf diese Weise wird er sich in dem Gelände vorwärts bewegen. Er wird in kurzen, geraden Strecken von A nach B, dann von B nach C, von C nach D vorrücken, so gut es das Gelände zuläßt, und sich dabei die Wegmarken genau merken. Wenn er sich an seine geomorphologischen Karten hält (wie schön sie sind), die mit hochauflösender Satellitenfotografie hergestellt und am Computer vergrößert worden sind, kann er davon ausgehen, daß er bei einem konstanten Vierunddreißig-Grad-Nordnordost-Kurs in offenes Riedgrasland gelangt.

Weiter geht es, und er schüttelt den Kopf, als ihm das Treffen mit dem Mittelsmann einfällt, dem Repräsentanten des Konzerns, der sämtliche geheimen Operationen überwacht, dem Ballast im Anzug, dem Familienmenschen, der darauf achtet, daß nicht alles auseinanderfliegt. »Hier«, hatte der Mittelsmann gesagt, mit dem Finger auf eine Karte getippt und achtlos einen Krater in ein grasbewachsenes Tal gedrückt, »wir gehen davon aus, daß die Nationalparkleute die bestätigten Sichtungen irgendwo hier lokalisiert haben. Sie müßten zwanzig Quadratkilometer absuchen.« *Irgendwo!* Wie das geschmerzt hatte, die Ungenauigkeit. Und als M. protestiert hatte, zwanzig Quadratkilometer seien kaum zu bewältigen, hatte der Mann auf diesen deutlichen Einspruch hin nur die Stirn gerunzelt und wiederholt: »Wir haben volles Vertrauen in unsere Quelle – wie gesagt, die Sichtungen sind bestätigt worden.« Insgesamt hatten sie nicht mehr als fünfzehn Minuten miteinander gesprochen, ein dicker Aktenordner hatte den Besitzer gewechselt, und jetzt ist er hier, mit dem Rucksack auf dem Rücken, setzt einen Fuß vor den anderen und hält Kurs auf die Anhöhe zu seiner Rechten.

M. beschleunigt den Schritt, beugt den Oberkörper vor und senkt den Kopf, als würde er sich gegen einen eisigen Phantomwind stemmen, der ihn auf das Format der kümmerlichen verwachsenen Bäume ringsum reduziert hat. Er sucht sich seinen Weg zwischen den Felsblöcken, macht einen Bogen um das niedrige Teebaum- und Scopariagebüsch, hält, wenn es nötig ist, die angewinkelten Arme schützend vor Brust und Gesicht, schiebt sich vorwärts. Endlich ist der Anstieg geschafft, und er kann zum erstenmal einen Blick in das weit und offen vor ihm liegende Tal werfen. Es ist gewaltig. Dahinter erhebt sich ein weiterer Bergrücken, aber noch weiter hinten sieht er eine Art gigantischer T-Kreuzung, ein querliegendes zweites grünes Tal, das in das zu seinen Füßen mündet. Was er von seinem Standort aus sieht, ist also so etwas wie – was? Urzeitliche Infrastrukturplanung.

Als er den Rucksack fallen läßt, spürt er, wie der Brustkasten an seinem elfenbeinernen Rückgrat vorschnellt und zurückfedert. Einatmen, ausatmen. Das ist es, denkt M., damit beginnt alles. Als erstes vergräbt er seinen Gaskocher und den Kaffeevorrat und markiert die Stelle auf einer seiner Fotokarten. Er wischt sich den Dreck von den Händen, greift tief in seinen Rucksack und zieht das verpackte Gewehr heraus. In der Verschlußlasche des Rucksacks findet er Feuerstein und einen kleinen Wattebausch, dann läßt er sich auf die Knie nieder, um ein paar trockene Zweige zu sammeln. Aber es gibt kaum trockene Zweige oder Blätter, und so nimmt er ein Büschel Schneegras, sengt es mit seinem Feuerzeug an und hält es dabei so dicht vor seinen Mund, daß er den Rauch verschlucken kann. Aus seiner Tasche holt er etwas von der Wombat- und Wallaby-Losung, die er gesammelt hat, vermengt sie mit ein wenig Wasser und rührt daraus eine stinkende Paste an.

Mit dieser Paste schmiert er sich sorgfältig überall ein, auch die Stiefel, bis er kein richtiges menschliches Wesen mehr ist, sondern ein seltsames, jedoch nicht vollkommen unbekanntes Tier.

Jetzt trottet das Tier Richtung Tal, einen unkomplizierten, mit Steinen übersäten Hang hinunter, die eingeebnete Hinterlassenschaft einer Eisdecke, die vor rund 20 000 Jahren fünfundsechzig Quadratkilometer bedeckte. Wie mochte die Hochebene davor ausgesehen haben? Zerklüftet und schartig und voller Tiere. Eine wimmelnde Riesenfauna, die heute ausgestorben ist. Nur die Kleinen und relativ Schnellen hatten überlebt: Känguruhs, Wallabys, Beutelwölfe, Wombats. Es war aber, wie er weiß, nicht die letzte Eiszeit, die sie auslöschte, jene phantastischen Riesentiere. Es hatte vorher schon sechzehn, ja sechzehn Eiszeiten ohne dramatische Verluste an Lebewesen gegeben. Was die letzte von den anderen unterschied, war ein furchterregender zweibeiniger kleiner Pygmäe, der menschliche Jäger: ein Beleg für die Macht der List, für den Sieg von Verstand über Materie. Dieser Gedanke erfüllt M. mit einem tröstlichen, zufriedenen Gefühl, einem Gefühl, das andere beim Durchblättern von Familienfotoalben empfinden mögen. Was er macht, ist das, was seine Vorfahren schon immer gemacht haben und gut gemacht haben. Ha! Lieber Großpapa, du haariger, stinkender, armeschwingender, stolzgeschwellter alter Mistkerl, du eingebildeter, wachsamer Beherrscher des steinbewehrten Speers... Doch nein, M. ist noch nicht ganz soweit. Er wird einige Zeit brauchen, bis er die Fährte seiner Beute endlich aufnimmt, bis er denkt wie ein richtiges echtes Raubtier. Und doch weiß er, daß sie sich problemlos wieder einstellen wird, diese Fähigkeit. Er hat sie auf dem Schulhof gelernt, auf Teenager-Fummelpartys täppisch erprobt und bei Mann-gegen-Mann-Dollargeschäften ausgefeilt... Das Mädchen, jene Sass, sie ist das Raubtier, und der Junge ist die Beute. Wenn man die Augen aufhält, sieht man es überall.

Beim Gehen malt er sich ein Monster aus, einen 3.60 m großen Affenmann, der hinter dem nächsten Felsblock hockt. Mit Augen auch am Rücken... und während seiner verhängnisvollen Träumerei achtet er nicht auf den Weg und rutscht mit einem Fuß in ein Loch. Vor Schreck flucht er laut »Scheiße!« Zum Glück sind seine Knöchel stark, und diesmal, nur dieses eine Mal hat er sich nichts getan. Das soll mir eine Lehre sein, denkt er: Der Boden hier oben ist mit Wasser vollgesogen und unter dem schwammartigen Korallenfarn durchsetzt mit Löchern, überall im Sumpfmoos verborgenen Löchern. Sieh doch nur diese Tümpel ringsum, diese Hunderte von Wasserlöchern, so weit das Auge reicht. Manche haben nur einen Meter Durchmesser, andere sind langgezogen und schmal, wieder andere so groß wie die Seen, die man weißumzäunt in adretten Stadtparks findet – dieser Boden, auf den du trittst, ist kein sicherer Boden, er kann jede Minute nachgeben. Geh vorsichtig.

Er geht vorsichtig.

Ein kupferfarbener Lichtschein schafft es nicht ganz durch die Wolken. Rechts neben sich hört M. etwas knacken, dreht sich rasch um und sieht gerade noch, wie ein Wallaby oben im Gebüsch verschwindet. Einen ganzen Tag hat er warten müssen, bis er endlich ein Tier

sieht, obwohl er wegen der zahlreichen kleinen Häufchen weiß, daß sie die ganze Zeit da sind. Die meisten
schlafen zusammengerollt in ihrem Lieblingsversteck.
Bei Einbruch der Dämmerung kommen sie nach und
nach ins Tal hinunter und suchen nach Nahrung. In Zukunft wird er auf sie warten, doch heute hat er einen
langen Tag hinter sich, und es bleibt ihm nichts anderes
übrig, als Halt zu machen und sich selbst einen Schlafplatz zu suchen. Als erstes füllt er seine Wasserflaschen
in einem der größeren, saubereren Seen, und dann verläßt er das Tal, steigt den Hang hoch zu trockenerem,
windgeschütztem Gelände. Nach zwanzig Minuten hat
er einen Platz gefunden: eben, trocken und mit einem
großen Felsblock als Schutz. Er setzt seinen Rucksack
ab und holt das Zelt heraus. Mit der Andacht eines
Mönchs befreit er den Boden von Steinen. Innerhalb
von acht Minuten steht das Zelt, stabil und so hoch, daß
er hineinkriechen kann. Im Knien öffnet er das feinma-
schige Netz der Zeltklappe und rollt seinen Schlafsack
aus. Er holt Verpflegung, Wasser und Taschenlampe aus
dem Rucksack und schiebt ihn dann in die hintere Ecke
des Zelts – kein Teufel wird heute nacht seinen Rucksack aufreißen. Neben das Zelt legt er aus drei Stöck-
chen einen Pfeil, der in die Richtung zeigt, die er am
nächsten Morgen einschlagen wird. Er zieht seine Polartechjacke an und setzt seine Mütze auf, kriecht nach
drinnen und zieht den Reißverschluß der Klappe zu,
um die Mücken draußen zu halten. Drei Eier sind in ihrer Plastikverpackung kaputtgegangen, deshalb ißt er
sie, bevor sie anfangen zu stinken. Er genießt jeden einzelnen Bissen und trinkt reichlich Wasser dazu. Als er
fertig mit Essen ist, zieht er seine stark strapazierten

Stiefel aus und untersucht seine Füße. Noch keine Probleme, die künstliche Schutzhaut an den Fersen tut ihre Dienste.

Die Dunkelheit kommt hier schnell. Er zieht sich aus und schlüpft in seinen seidenen, kalten Schlafsack. Oben über ihm verhüllen die Wolken die Sterne, und nur der Mond scheint wie eine seltsame, riesige Perle. Irgendwo, denkt er und überläßt sich wohlig diesem letzten Gedanken vorm Einschlafen, irgendwo da draußen steht der letzte Tiger mit dem Rücken zum auffrischenden Wind und schüttelt sich langsam wach.

*

Die Nacht war nicht freundlich zu ihm, und er erwacht zerschlagen und rastlos. Das ist eine Schwäche, stellt er fest, während er sich aus dem Schlafsack und in die Stiefel quält, diese Unfähigkeit von mir, draußen im Feld fest zu schlafen, selbst nach so langen Jahren noch. Wieso können andere Männer in ihrer ersten Nacht im Freien schlafen wie ein Stein, während ich mich bei jedem Geräusch drehe und wende? Es ist eine Schwäche, diese absurde Vorliebe für gut gefederte Matratzen und weiche Kissen, für absolute Stille. Stille! Sag dem Wind, er soll nicht über die Ebenen blasen, ja, befiehl den Tieren, zu schweigen, und fordere die Insekten auf, ihre Flügel nicht zu bewegen... dann hast du deine Stille. Stille, als würde man von einem Engel träumen, der mit einem einzigen Schlag seines federleichten Flügels das Zelt in einen Palast verwandelt. Lächerlich. Albern. Nur die Zeit bringt das fertig – nur die Zeit wird ihm einen besseren Schlaf bescheren. Das war auch früher schon so. Nach der zweiten oder dritten Nacht wird er morgens mit klarem Kopf aufwachen, aber immer ein wenig rastlos. In seiner momentanen Verfassung braucht er wohl ein oder zwei Stunden, bis er richtig wach ist. Die Zeit heilt alle Wunden, heißt es. Das hatte seine Mutter gesagt, als ihm auf dem Spielplatz ein Bein gestellt worden war und er sich den Arm gebrochen hatte. Er war damals fest überzeugt, daß er ihn nie mehr würde bewegen können und für immer der Klassenkrüppel, der Sonderling bleiben würde. Sie hatte sich über ihn gebeugt, sein Haar gestreichelt und so leise, daß er es kaum hören konnte, gesagt: »Die Zeit heilt alle Wunden.« Erst viel später ging ihm auf, daß sie vielleicht nicht nur von seinem Arm gesprochen hatte, sondern auch ihre eigene heimliche Wunde gemeint haben könnte. Vielleicht war sie erst vor kurzem geheilt worden, so daß ihre Erinnerung an die Wunde, welche auch immer, und an die Zauberkraft der Zeit noch frisch war. Ein gebrochenes Herz – das hatte er ebenfalls sagen hören, und zwar von jenen Kollegen, die nicht ohne ihren verliebten Glückslöffel zu einem Einsatz aufbrechen wollten –, nur die Zeit kann ein gebrochenes Herz heilen. Stimmt das? Er weiß es nicht, aber er wüßte es gern, für den Fall, daß es ihm jemals passieren sollte. Nicht, daß er vorhat, es jemals passieren zu lassen – das machten diese Jungs falsch, sie ließen es zu. Und überhaupt – von welcher Zeit redeten die eigentlich? Zählte der Schlaf dazu? Oder war es nur die bewußt im Wachzustand erlebte Zeit, die jene sagenhaften heilenden Eigenschaften besaß ... Diese Lucy Armstrong zum Beispiel setzt ganz offensichtlich auf Schlaf. Sie würde sie wegschlafen, ihre Wunde. Eines Tages würde sie auf-

46

wachen, und ihr Ehemann wäre nicht mehr da und das ganze Leben um sie herum in Stücke gegangen, und sie würde sich neu umschauen und genau wissen, was zu tun ist und wie, damit das Leben wieder in Ordnung kommt. Und alles, ohne den geringsten Schmerz zu spüren oder allenfalls einen leisen Hauch von Schmerz, nur die Erinnerung an Schmerz, ein bloßes Abstraktum. Es war ein kühner Zug, vielleicht sogar ein gewagter Zug, den vollen Einsatz auf Schlaf zu setzen – sie würde Glück brauchen.

Während er das Lager abbricht und wieder ins Tal hinuntersteigt, zu einer Stelle in vier Kilometer Entfernung, Luftlinie, ruft er sich in Erinnerung, daß es so etwas wie Glück bei seinem Auftrag nicht gibt. Glück ist für die Unglücklichen, für solche, denen es an Genauigkeit mangelt. Das Gehen ist nicht einfach. Bäche, manche knietief und eiskalt, müssen durchquert und die Stiefel ausgezogen werden, damit die Zehen sich vorantasten, blind zwischen den glitschigen Steinen im Bachbett Halt finden können. Es gibt Seen und Morast, und es gibt Felsen, über die man klettern muß. Er ist kein Vogel, und so macht er das, was die anderen Tiere auch machen – er wählt den Weg mit den wenigsten Hindernissen. Wenn er zu einer Geröllhalde kommt, was mehr als einmal geschieht, versucht er nicht, sie im Sturm zu nehmen, sondern drosselt das Tempo und macht einen Bogen um die Felsmassen. Dann korrigiert er seinen Kurs und geht weiter. Als er zu einer ganzen Reihe kleiner Gewässer kommt, hält er sich, solange es geht, an den Rand des Feuchtgebiets, nur wenn es sein muß, stapft er mitten hindurch. Und als er auf einen Bach stößt, der in seine Richtung fließt, watet er darin weiter, hüpft von einem Stein zum nächsten und prüft jedesmal, ob der Stein auch hält und nicht kippt, so daß er ins Wasser fällt. Erst, als er zu einer tiefen, unpassierbaren Stelle im Bach kommt, mit nacktem, steilem Fels zu beiden Seiten, weicht er ins dichte Ufergestrüpp aus, vergißt die Zeit, vergißt sein Ziel und schlittert irgendwie in Schleifen voran, bis er schließlich wieder im Bach landet und erneut von Stein zu Stein hüpft, wobei er sich gelegentlich nasse Füße holt. Und als die Karte anzeigt, daß der Bach nicht länger in seine Richtung führt, sucht er sich einen Wildpfad und folgt ihm, wobei er sich, wenn es nicht anders geht, auf dem Bauch unter dornigem Gebüsch durchzwängt. Die Tiere, die nicht auf Glück hoffen können, sind schlau und haben ein komplexes Geflecht von Pfaden zwischen den geschützten Hängen, den Nahrungsquellen und dem Trinkwasser geschaffen – und all das, denkt M., ohne auch nur einmal das Bedürfnis nach »Selbstveredelung« zu verspüren.

Auf dieser schwierigen Strecke achtet er besonders auf Schlangen, denn jetzt, wo die Sonne scheint, muß er ständig damit rechnen, daß eine die schmale, offene, warme Fläche des Wegs aufsucht. Auch auf Fährten und Exkremente richtet er sein Augenmerk. Das tut er nicht, weil er viel zu finden glaubt, jedenfalls nicht heute, sondern weil er sich allmählich darauf einstellen muß. Die Wahrscheinlichkeit, daß er am ersten Tag auf eine Tigerfährte stößt, ist so gering, daß es nicht lohnt, sie überhaupt in Betracht zu ziehen (aber möglich ist es doch, durchaus, und deshalb muß er sie im Hinterkopf behalten). Wie lange hatten die Nationalparkforscher wohl gebraucht, bis sie endlich auf die Fährte stießen, die sie dann zu der Sichtung führte, welche wiederum an den Mittelsmann weitergereicht wurde oder genauer: zu ihm durchsickerte, heimlich an ihn verkauft wurde und vom Mittelsmann schließlich zu ihm, M., gelangte? Trotz zahlreicher Augenzeugenberichte aus den vergangenen Jahrzehnten – manche glaubwürdig, manche unglaubwürdig, bloßes Wunschdenken und betrunkene Phantasien, Wichtigtuerei – war der Tiger unsichtbar geblieben. Umfassende Nachforschungen waren angestellt worden, sowohl vom World Wildlife Fund als auch von privaten Profitjägern und abenteuernden Spinnern. Aber all diese Expeditionen waren gescheitert, elendig gescheitert. Es sei aussichtslos, sagten die Zoologen, weil das Tier ausgestorben sei. Mehrere Faktoren hätten dazu beigetragen: die Zerstörung seines Lebensraums, Attacken wilder Hunde, Krankheiten sowie intensive Jagd. Doch diese Geschichte nimmt M. nicht den Mut: Man kann Geschichte jederzeit neu gestalten. Er handelt aufgrund neuer Informationen, und deshalb beginnt die Jagd von vorn. Was er jetzt tun muß, ist, sein all-sehendes Auge, seine eigene Göttlichkeit entwickeln.

Wenn er direkt auf seinem Weg an eine Stelle mit nacktem, matschigem Boden kommt, hält er an und untersucht sie auf Abdrücke: Meistens sind es die tiefen, zweizehigen Wallaby-Spuren, die sich in den Schlamm gedrückt haben, oder die flüchtige Fährte eines Teufels und hin und wieder auch die eines watschelnden Wombats. Kein Tiger. Nirgendwo eine Vorderpfote mit dem Zehenabdruck in auffälligem Abstand; nirgends vier Zehen, symmetrisch um den unregelmäßigen, fast herzförmigen Ballen angeordnet, der zwei tiefe, vom

hinteren Rand nach vorne verlaufende Furchen auf-
weist. Der fünfte Zeh ist, wie er weiß, höher angesetzt,
weswegen er nur unter perfekten Bedingungen, auf
dem Hollywood Boulevard zum Beispiel, zu sehen
wäre. Er entdeckt keine schwachen Pfotenabdrücke
mit jedem Zeh, keine erkennbaren Abdrücke der Vor-
der- und Hinterpfotenpaare. Nichts. Und die möglichen Lager, die hohlen Bäume, die Erdlöcher und
Felseinschnitte, sie sind ebenfalls leer. Macht ihm das
etwas aus? Er wird ununterbrochen die Augen offenhalten, ja, aber dies ist erst der Anfang.

Wenn der Beuteltiger tötet, bringt er seine Beute
nicht durch enorme Geschwindigkeit zur Strecke. Im
Vergleich zu seinen Namensvettern ist der »Beutelhund
mit Wolfskopf« fast ein Krüppel mit seinen verkürzten
Vorderläufen und seinem steifen Hinterteil; eher ein
vornübergekipptes Känguruh als ein springender
Hund. Als »steifen Gang« haben Fallensteller einst
seine Art zu rennen beschrieben. Das hatte er in dem
Aktenordner gelesen, den der Mittelsmann ihm übergeben hatte. Und jetzt sind auch die Fallensteller fast
ausgestorben. Ein oder zwei verdämmern vielleicht
noch ihre Altersheimtage in einem Nebel angenehmer
Phantasien. Und so wird – abgesehen von einem dün-
nen Bändchen mit aufgezeichneten Fallenstellerbe-
richten, die ebenso unglaublich wie wahr sind – mit diesen alten, rauhen Männern auch das beste verbürgte
Wissen über ihre Beute verschwinden: erst die einen,
dann das andere. Es liegt eine Symmetrie darin, die M.
gefällt, eine besondere Ästhetik, und daß er ein Teil von
ihr ist und das auch weiß, erhöht sein Vergnügen nur
noch: Ach, sein göttliches Auge! ... Nein, der Tiger jagt

50

seine Beute nicht. Statt dessen ist er beharrlich. Er hat die größere Ausdauer. In kalten, einsamen Nächten erhebt er sich aus seinem Schlummer, stellt sich mit dem Rücken in den aufkommenden Wind und überblickt prüfend den Talgrund, der vor ihm liegt. Und wenn ein Wallaby seinen Geruch aufnimmt und flieht und dabei verzweifelt im Kreis läuft, dann läuft auch der Tiger Runde um Runde hinter ihm her, bis der Moment kommt, wo er ihm den Weg abschneidet. Seine honigfarbenen, schwarzgestreiften Flanken stülpen sich im Takt seiner Atemzüge aus und ein, und mit einem einzigen Biß seines grauenhaft breiten Mauls zermalmt er den Hals des fliehenden Geschöpfs, zermalmt alles Leben in ihm, bevor er sich erneut niederläßt und frißt.

Ich bin geduldig, denkt M., auch ich kann warten. Dann geht ihm plötzlich auf, daß beide Möglichkeiten – die des Erfolgs ebenso wie die des Scheiterns – mit jedem weiteren Tag, den er wartet, wachsen, denn je länger er fort ist, desto wahrscheinlicher wird es auch, daß man ihn zurückruft. Er vermerkt diesen Gedanken rasch in der Abteilung, die der Vergeblichkeit der Zeit gewidmet ist, und läßt ihn dann verschwinden.

*

Am fünften Tag kehrt er zurück, genau wie er gesagt hat. Die Kinder kommen nicht herausgelaufen, um ihn zu begrüßen, wie er erwartet hat. Er stellt fest, daß die Haustür verschlossen ist. Aber die Hintertür ist offen, und wo zwei Räder gestanden hatten, sieht er nur plattgetrampeltes Gras. Innen rührt sich nichts, alles ist still, und er vermutet, daß die schlafende Frau noch immer in ihrem Bett liegt. Der graue Fernsehschirm ist in seiner Abwesenheit ein Opfer des Farbpinsels geworden, und als er versucht, das Gerät einzuschalten, merkt er, daß es kaputt ist. Er zieht seine stinkende Kleidung und die verkrusteten Stiefel aus und nimmt ein heißes, beruhigendes, seifenloses Duschbad. Da es erst elf Uhr ist, steigt er wieder in sein Auto und fährt in die nächste Stadt, die groß genug ist, um einen Metzger zu ernähren. Er ignoriert die Tankstelle und biegt diesmal an der T-Kreuzung rechts ab, so daß er sich jetzt in unbekanntem, aber gut kartographiertem Gelände bewegt. Die nächste Stadt ist auf seiner Karte mit einem winzigen roten Stern markiert. Zu beiden Seiten der Hauptstraße gibt es eine ganze Reihe Geschäfte. Sids Supermarkt quetscht sich hinter zwei Fensterfronten, daneben ist Flo Johns Frisörladen, der für einen 8-Dollar-Spezialpreis jeden gewünschten Haarschnitt plus Videoverleih und Internetzugang anbietet. Neben Flo ist die Drogerie, dann kommt eine Milchbar mit Straßenverkauf, die mit roten und weißen Colaflaschen dekoriert ist, dann ein Zeitungsladen, der gleichzeitig Reisebüro und Poststelle ist. Und schließlich, kaum zu übersehen, der Metzger. Auf dem Bürgersteig steht ein grinsendes Schwein aus Holz und hält ein Schild mit der Aufschrift: »Jetzt geöffnet – Ihr Metzger am Ort«. Eine grüne Tafel unter dem gemalten Gruß ist leer – heute gibt es keine Sonderangebote.

M. schiebt sich durch einen Vorhang aus langen, bunten Plastikstrippen in den Laden. Der Geruch nach Sägespänen und Blut steigt ihm sofort in Nase und Lunge. Der Metzger ist ein junger Mann mit schwarzen Gummihandschuhen, der, wie alle Metzger, denen M.

bisher begegnet ist, mit seinem Beruf sehr glücklich zu sein scheint. An der Wand hinter dem Ladentisch hängt ein Glaskasten mit einem ausgestopften Beuteltigerbaby mit Glasaugen. Und in einem Rumpsteak in der Auslage steckt ein weißes Plastikschild: »Tasman-Tiger – 50 000 $/Kilo«. M. nennt seine Wünsche, der junge Mann nimmt sie vergnügt entgegen und verschwindet nach hinten, um zu »sehen, was sich machen läßt«.

Was weiß der Metzger? Daß die Entwickler biologischer Waffen, nach dem Studium eines einziges Haares von einem ausgestopften Welpen aus dem Museum, in der Lage waren, das genetische Modell eines Beuteltigers herzustellen, ein Bild, so wunderschön, so überirdisch, daß ihm die Fähigkeit, tausend Kriege zu gewinnen, zugeschrieben wurde. Ob es ein Virus oder ein Gegenmittel werden wird, weiß M. nicht, kann er nicht wissen und will er auch nicht wissen, aber es besteht kein Zweifel, daß die Jagd auf das Tier eröffnet ist. Haar, Blut, Eierstock, Fötus – jedes Teil immer ein bißchen potenter, jedes ein bißchen näher zu Gott. Und die Parole heißt: Tot oder lebendig, denkt M., der Fremdling. Er verscheucht seine himmelstürmenden Gedanken und ist jetzt ein Cowboy – der Wind treibt einen Tumbleweed-Ballen durch die Hauptstraße, und wenn er einen Colt in der Hand hätte, würde er ihn um den Zeigefinger wirbeln lassen.

»So«, sagt der fröhliche Metzger und zieht einen Eimer hinter sich her. »Glück gehabt. Meine Hunde werden heute abend trauern, sag ich Ihnen. Ist nämlich ihr Futter.«

M. lädt zwei schwere Plastiksäcke voller glibbriger Herzen, Leberstücke und Schafsköpfe in seinen Wagen.

Dann nimmt er die Säcke wieder heraus, trägt sie zurück in die kühle, saubere Metzgerei und verschwindet in Sids Supermarkt, wo er einen Vorrat an Trockenfrüchten, Nüssen, Nudeln und Käse kauft. Als das erledigt ist, geht er über die Straße zum einzigen Gasthaus der Stadt, »Ye Old Tudor Hotel«, mit Straßenverkauf. Er sollte lieber hier was essen, denkt er bei der Aussicht auf eine weitere Schüssel Reis. Ja, denkt er, das ist der Fluch des Einzelgängers, er muß sich ständig ums Essen kümmern.

Fisch und Steak und ein Bier, danke, Kumpel.

Der Wirt, dem Fremde nicht fremd sind, nimmt die Bestellung gleichmütig entgegen und reicht sie weiter in die Küche. Als er verschwunden ist, entdeckt M. ein Pappschild, das in der Ecke des langen Tresenspiegels klemmt: »Für Dave, der sich die Zehen amputieren ließ, um dichter an der Theke zu stehen«. Nur zum Spaß fragt er sich, ob es wirklich einen Dave gegeben hat. Ob dieser Dave in betrunkenem Zustand vom Schnee überrascht wurde und ob ihm die Zehen erfroren sind, so daß das Schild mehr ist als ein Scherz unter Freunden. Unwahrscheinlich. Er setzt sich mit dem Rücken zum Fenster und wartet auf das Essen. Das Steak ist dick, halb durch und ertrinkt in Tomatensoße, während der Fisch, unverhohlen Haifisch, paniert und gebraten ist. Dazwischen liegt ein trauriger Petersilienstengel. Schmeckt gut, besser als in anderen Gasthäusern, wo er schon gegessen hat. Oben in einer Ecke läuft ein Fernseher, und eine Handvoll alter Säufer sieht dorthin. Doch die Männer stieren einfach nur, haben längst das Interesse am Inhalt verloren.

Er ist noch nicht fertig mit Essen, als der fröhliche

Metzger mit den beiden Plastiksäcken das Hotel betritt und ihm die blutigen Haufen vor die Füße stellt.

»Ich mach den Laden dicht, Kumpel«, sagt er, zwinkert ihm zu und verschwindet.

»Football um acht!« ruft der Wirt, nicht als Frage, sondern als Feststellung.

»Na, und wie!«

Mittlerweile ist es ganz und gar dunkel geworden, und als er zum Haus zurückkommt, gibt es zu seiner Überraschung noch immer kein Zeichen von den Kindern. Er sieht nach. Richtig, die Räder sind immer noch weg. Was machen sie da draußen bloß? Es wird kalt. Er trägt die blutigen Säcke in die Küche und lehnt sie gegen eine Wand. Dann geht er daran, die Herdplatte freizuräumen, und stapelt alle Teller in einer Küchenecke. Er räumt auch das Spülbecken aus, sucht sich einen stählernen Suppentopf aus dem Chaos und beginnt ihn zu säubern. Da er keinen Topfkratzer entdecken kann, holt er sich draußen eine Handvoll Sand. Als der Topf auf dem Herd steht, wuchtet er einen der Säcke hoch und läßt die Eingeweide hineinrutschen. Walle, walle, mischt euch alle... Höllenbrei im Kessel glühe... Ihm gefällt dieses blutige Geschäft: Es ist kindisch, das muß er zugeben, aber Ekel hat etwas Erregendes. Er muß an jenen Jungen denken, der ihm zum erstenmal gezeigt hat, wie man einer lebendigen Schnecke das Haus abreißt. Damals hat er entsetzt und fasziniert zugleich zugeschaut. Während er umrührt, hört er plötzlich das Knirschen von Fahrradreifen in der Auffahrt.

Sass kommt in die Küche geschlendert und erstarrt.

»Wir sind Vegetarier«, sagt sie leise.

Er schluckt ein Lachen herunter, rührt um. Bike kommt herein, geht sofort zu dem zweiten Sack, linst hinein und fährt zurück, als hätte er eine Schlange gesehen.

»Das ist für mein Projekt«, erklärt M., »damit kann ich die Teufel besser studieren. Wenn sie das Zeug riechen, kommen sie angerannt.«

»Wirklich?« fragt Sass. »Dad sagt, die Teufel sind überall. Man muß nur ein Stück Käse liegenlassen, schon sind sie da und reißen einem das Zelt kaputt.«

»Sie haben unserem Dad das Zelt zerfetzt«, sagt Bike stolz.

»Käse ist besser«, sagt Sass und rümpft beim Hinausgehen die Nase. »Los, komm, Bike.«

In der Tür bleibt sie stehen und dreht sich rasch um.

»Haben Sie –« Sie verstummt, als ihr einfällt, daß Bike in Hörweite ist.

»Hatte wenig Glück bei diesem Trip«, sagt M. und benutzt ihren Geheimcode.

Sie überdenkt das.

»Vielleicht das nächste Mal.«

»Ja, vielleicht das nächste Mal.«

Vielleicht, denkt er, vielleicht auch nicht. Als die purpurroten Herzen und schlottrigen Leberstücke halb gar sind, packt er sie in den Kühlschrank, damit sie über Nacht abkühlen. Den zweiten Sack legt er in die Tiefkühlabteilung, da er ihn erst später zubereiten will. Er geht noch mal unter die Dusche, um den Blutgeruch loszuwerden, genießt die brennende Hitze auf dem Rücken und bleibt so lange stehen, bis kaltes Wasser kommt. Heute nacht wird er prächtig schlafen und im Morgengrauen erneut aufbrechen. Ins Handtuch gewickelt klopft er an die Tür der Kinder, öffnet sie und steckt den Kopf hinein. Bike steht auf dem Bett und hält beide Hände über den Kopf. Das Mädchen hockt mit einer Schere in der Hand auf dem Boden und beugt sich in einer Art Yogahaltung über etwas, das wie ein roter Damenwintermantel aussieht. Als sie ihn sieht, unterbricht sie sofort ihre Beschäftigung – was immer es gewesen sein mag.

»Entschuldigung«, sagt M., »aber ich muß dir noch sagen, daß ich morgen in aller Frühe wieder hoch gehe. Wenn ich in zehn Tagen nicht zurück bin, weißt du, was du zu tun hast.«

»Gut«, sagt Sass, »zehn Tage. Also am, wann? Samstag?«

»Ja, Samstag. Genau.«

»Okay, Samstag.«

Bike hält immer noch unbeirrt die Arme hoch.

»Ich habe es aufgeschrieben und lege den Zettel ans Telefon. Aber du mußt ihn deiner Mutter zeigen, hörst du?«

»Okay.« Sie hustet, ein schwaches, katzenartiges Husten.

»Ist das klar?«

»Klariklara.«

»Klarullala«, sagt Bike.

»Also dann gute Nacht.«

»Gute Nacht«, sagt Sass und hält die Schere hoch.

»Gute Nacht«, echot Bike.

M. überlegt, ob er ins Hotel umziehen und im – wie hieß es noch mal? – »Ye Old Tudor Hotel« ein Zimmer nehmen soll. Aber der Gedanke an die zusätzliche Fahrerei mißfällt ihm sofort. All die extra Stunden sind die

Sache nicht wert, denkt er. Lieber bleibe ich ganz in der Nähe, um schnell hoch und runter zu kommen. Und lieber auch ganz für mich. Im allerschlimmsten Fall werde ich höchstens ein oder zwei Tage überfällig sein, bis das Mädchen Hilfe holt. Ganz bestimmt. Das Mädchen braucht mich, keine Frage. Und die Frau, ich werde dafür sorgen, daß sie eine Kopie meines Zeitplans bekommt. Kurzum, beschließt er, während er in seinen Schlafsack schlüpft und sich wohlig der Umhüllung und der weichen Matratze überläßt, ich werde bleiben, wo ich bin.

Ob Tiger wohl träumen? fragt er sich. Und dieser Tiger, laut Mittelsmann ein weibliches Tier und angeblich das letzte seiner Art, wovon träumt sie? Träumt die Tigerin vom Geruch eines Gefährten? Oder hat sie denselben Traum wie er, seinen einzigen Traum oder zumindest den einzigen, an den er sich überhaupt erinnern kann: den Renn-Traum, in dem er stundenlang von einem unbekannten Feind gejagt wird, in dem er sich im Gebüsch verstecken und den Atem anhalten muß, in dem die Büsche plötzlich unheimliche Formen annehmen, so daß er von neuem rennen muß, in dem er nicht schnell genug rennen kann und in dem er schließlich weiß, daß er gefangen werden wird und daß die Gefangennahme den sicheren Tod bedeutet, in dem sich aber – so wie Träume eben sind – die drohende Gefangennahme im allerletzten Moment in Luft auflöst, so daß er, noch im Schlaf, weiß, daß er davongekommen und der Renn-Traum zu Ende ist.

*

Die Herzen, Köpfe und Leberstücke wiegen schwer auf seinem Rücken. Er hält bei dem Bach, der zu seinem ersten Beobachtungsposten führt, und trinkt reichlich. Etwas später bleibt er wieder stehen, diesmal um zu pinkeln. Und so geht es, auch nachdem ein leichter Regen einsetzt, bis zum Mittag: Er bleibt stehen und trinkt, er marschiert weiter und schwitzt. Dann erreicht er die Stelle, wo der Bach durch eine lange Engstelle, nicht mehr als fünfzehn Meter breit, geleitet wird. Ein ausgetretener Pfad führt hier steil nach unten, dann über das ebene Stück, läuft eine kurze Strecke dicht am Bach entlang und durchquert ihn dann an genau der Stelle, wo das Wasser am flachsten ist und zwei herabgestürzte große Felsblöcke eine Unterwasserbrücke bilden. Auf der anderen Seite taucht der Pfad wieder auf, schlängelt sich über das ebene Stück, beginnt dort, wo es nicht mehr anders geht, wieder anzusteigen und verschwindet hinter dem Rand des Hanges.

M. verläßt den Bach, windet sich durch das dichte Ufergebüsch und klettert weiter zu dem wippenden orangefarbenen Korallenfarn. Er macht einen Bogen um Erdlöcher und um Mooskissen, die so grün sind, daß sie fast schon fluoreszieren. Und genau dort, wo der Pfad im Busch verschwindet, läßt er seinen Rucksack fallen, denn hier wird er seine Schlinge auslegen. Er findet den Draht, die Pflöcke und den geraden Stock genauso vor, wie er sie hinterlassen hat, und denkt: Mit der Patina aus Regen und Dreck sind sie jetzt keine Neulinge mehr, und wenn sie nicht mehr neu sind, muß man sie auch nicht fürchten... So funktioniert der allerälteste Trick... Das Ding, das dich schnappt und in die Luft schleudert, hat schon immer friedlich hier gelegen. Jetzt macht er sich auf die Suche nach einem Baumschößling, der lang und dünn und biegsam ist, und nach einer halben Stunde hat er einen gefunden. Zu beiden Seiten des Pfads schlägt er einen Carbonfaserpflock ein, beide Pflöcke haben in Tigerbrusthöhe eine Kerbe. Das Material ist glatt und kalt und angenehm anzufassen. M. legt seinen geraden Stock so in die beiden Kerben, daß er auf der einen Seite fest verankert ist und auf der anderen nur ganz leicht aufruht. Zwei Meter vom linken Pflock entfernt gräbt er ein fünfzig Zentimeter tiefes Loch. Als er es endlich geschafft hat, ist er völlig durchgeschwitzt. Jetzt gräbt er den Schößling ein, hält ihn fest und dreht aus dem feinen Draht geschickt eine Schlinge, die er oben an dem Bäumchen befestigt. Außerdem bindet er noch ein kurzes Stück Draht mit einem Fünfzig-Millimeter-Carbonfaserknebel an das Bäumchen. Dann biegt er es hinunter zu dem näheren Pflock und justiert den Knebel in chirurgischer Feinarbeit am nicht fixierten Ende des Stolperstocks. Ganz, ganz langsam läßt er nun das Bäumchen los und sieht zu, daß sein Kopf nicht dazwischengerät, falls der Schnappknebel herausrutscht und das Bäumchen hochschnellt. All das macht er geräuschlos, wie ein Tourist in einer Kirche, wie ein Tourist, der schon hundert Kirchen gesehen hat. Weder stört es ihn, daß er wahrscheinlich am Ende doch sein Gewehr benutzen wird, noch irritiert ihn, daß auch die Schlingen für Probleme sorgen können, falls die Park-Ranger zufällig darauf stoßen – mit diesem Risiko muß er leben. Auf den Knien legt er die Schlinge so auf den Pfad, daß das Bein eines Tiers, das gegen den Stolperstock stößt und den Schnappknebel löst, gepackt und hochgerissen wird. Er streut eine lockere Schicht Erde über die Schlinge und umwickelt den Stolperstock mit einer Kletterpflanze. Dann schneidet er von einer jungen Erdbeerkiefer in der Nähe einen kleinen Ast ab und legt ihn so über den Stolperstock, daß er vom Gebüsch zu beiden Seiten des Pfads gehalten wird. Er hofft, daß das Tier dann nicht versuchen wird, über den Stock zu springen, sondern den Kopf senkt, um unter dem Ast durchzuschlüpfen. Abschließend holt er eine Handvoll Herz und Leber aus seinem Rucksack und verteilt das Zeug auf dem Pfad.

Da ist er, denkt er, der süße Geschmack alter Zeiten. Weißt du noch, Tiger, wie du mit deiner Mutter den Steilhang hinunter und auf die grünende Ebene gelaufen bist? Weißt du noch, wie es dort nur so wimmelte von Schafen, die den ganzen Tag lang nichts anderes taten als fett werden? Und wie sie, kaum hatten sie euch gerochen, aufgeschreckt zu zittern begannen, sich anrempelten und blökten? Doch da war nur ein Drahtzaun, und wenn sie euch gerochen hatten, war es schon zu spät, du warst schon hinübergesprungen und hattest deine Wahl getroffen. Erinnerst du dich? Du warst die Geißel des Farmers, und dein Ruf eilte dir voraus: Sie sagten, ihr würdet in gelbäugigen Rudeln das Land durchstreifen, würdet mit aufgestelltem Fell und weit aufgerissenen geifernden Mäulern durch die Nacht trotten und nach Lust und Laune töten. Junge Frauen gingen nachmittags nicht mehr spazieren, aus Angst, euren Weg zu kreuzen. Ihr habt Babys aus ihren Rüschenwiegen gezerrt und kleine Rüschenmädchen im ganzen heruntergeschlungen... Es ist wirklich kein Wunder, daß die Regierung damals auf euer Fell eine

Prämie von einem Pfund aussetzte. Ach, vielleicht warst du damals so jung, daß du noch nicht einmal geboren warst, sondern die Schafe (und die kleinen Mädchen) nur durch das Blut deiner Mutter und das Blut ihrer Mutter gekostet hast. Aber hier ist er, jener Geruch! Folg einfach deiner Nase.

Er bremst sich: Dieser Dialog mit dem Tiger ist sinnlos. Das Tier interessiert sich weder für Gespräche noch für Geschichte oder das, was als Geschichte gilt. Wenn es Futter gibt und der Tiger hungrig ist, wird er fressen: Seine Herkunft macht ihm keine Sorge, da er Sorge nicht kennt.

Nachdem M. alles getan hat, um seine Spuren zu beseitigen, nimmt er seinen Rucksack und klettert den steilen Hang zu seinem Beobachtungsposten hoch. Er holt sein Zelt aus der Astgabel eines sich schälenden Eukalyptusbaums, wo er es verstaut hatte. Als das Licht allmählich schwindet und die ersten blassen Sterne am Himmel erscheinen, beginnt er sein Lager aufzuschlagen. Das dauert nicht lange: Er ist hier schon gewesen, hat diesen Platz ausgesucht und gesäubert. Er schiebt den Schlafsack ins Zelt und setzt seine Mütze auf. Von dort, wo er sitzt, hat er freie Sicht auf die Schlinge und das ebene Stück Erde dahinter. Um sich zu entspannen, um sich zu belohnen, beginnt er zu masturbieren und stellt sich dabei die Frau vor, mit der er zuletzt geschlafen hat. Eine Frau, die er auf einem Urlaub zwischen zwei Einsätzen aufgegabelt hatte und die behauptete, sie heiße Jacinta – sexy –, aber dann hatte sie nur zögernd reagiert, als er von hinten an sie herantrat und ihr etwas zu trinken anbot, »Jacinta?« Ein erfundener Name – seltsam, wie oft Frauen in den Ferien falsche Namen angeben, wenn sie fern von zu Hause auf ein kleines Abenteuer aus sind. Das reicht – zurück zu ihren Brüsten, Schnitt, zu ihrem feuchten Mund, der sich über seine Brust nach unten arbeitet. Halt dich ran und ... fertig.

Jetzt essen. Er testet seine neueste Errungenschaft, den Reisgürtel. Den ganzen Tag über hat M. einen leichten Plastikschlauch, nicht dicker als ein normaler Ledergürtel, um die Taille getragen, der mit Reis und ein bißchen Wasser gefüllt ist. Ein Kollege, der in der Arktis gewesen war, hatte behauptet, die Körperwärme und die dauernde Bewegung würden den Reis zu einer Art Brei aufweichen. Er schiebt seine Polartechjacke hoch – inzwischen ist es kalt geworden – und fummelt an dem Verschluß herum, den er selber gebastelt hat, eine Art Ventil, wie bei Weinfässern. Ja! Es funktioniert – er steckt den Finger in den Schlauch und kratzt den Reismatsch aus dem Plastikschlauch. Aber schon beim ersten Bissen merkt er, daß das Wasser nur die äußere Schale der Körner aufgeweicht hat. Es wird also noch einen Tag, vielleicht zwei dauern, bis er reinhauen kann. Er schließt das Ventil wieder und schiebt den Gürtel unter seine warme Jacke. Heute abend wird er sich mit Käse, Trockenfrüchten und Energieriegeln zufriedengeben.

Nach der Mahlzeit legt er das Gewehr in seinen Schoß. Wenn er gut aufpaßt und wenn irgend etwas durch die Ebene streift, wird er es sehen. Ah, das Nachtsichtgerät – Gott segne Amerika. Er wird wach bleiben, irgendwann wird er allerdings auch schlafen müssen. Wachen bis ein Uhr früh, beschließt er, dann schlafen. Dann schlafen.

Aber der Tag hat ihm zugesetzt, und um Mitternacht wird er müde, er ertappt sich sogar beim Dösen mit herabgesunkenem Kopf, und wie ein Schuljunge an einem Sommernachmittag schreckt er wieder hoch. Um sich wach zu halten, wirft er seinen Schlafsackkokon ab und springt zehnmal schnell in die Luft, bringt den Kreislauf wieder in Gang. Einen Moment lang wünscht er, er hätte einen Gefährten bei seinem Einsatz, jemanden, mit dem er in den frühen Morgenstunden reden könnte, und es ärgert ihn, daß die Firma darauf bestanden hat, ihn allein loszuschicken. »Ein Ein-Mann-Job«, hatte der Mittelsmann in einem schmeichlerischen Ton gesagt, der zu verstehen gab, daß er, M., der fähigste, ja im Grunde der einzige Mann war, dem die Mission anvertraut werden konnte. Was absoluter Blödsinn ist. Zwei Männer hätten eine größere Chance: zwei Paar Hände, die die Schlingen legen und Fallen stellen, zwei Paar Augen und Ohren, zwei Gewehre in Bereitschaft, und in den frühen Morgenstunden immerhin einer, der wacht, und einer, der schläft. Ja, es ärgert ihn. Wieder dieser nagende Zweifel: Wieso nur einer, wieso ich? Kann es sein, daß die Gewinnung von genetischem Material für den Konzern nicht mehr absolute Priorität hat? Hatte ein Bürohengst plötzlich Schiß gekriegt? Er kapiert nicht, wieso. Was er bis jetzt herangeschafft hat, hat ihnen wieviel? Hunderte von Millionen eingebracht, wahrscheinlich sogar Milliarden. Die Firma braucht ihn, sie ist ihm sogar zu Dank verpflichtet. Wer wäre denn für einen Biotechnologiekonzern wichtiger als ein Jäger: einer, der Muster herbeischafft und Exklusivität garantiert. Geklonte Beuteltiger, Dodos, Moas, Mammuts, Bunyip-Monster, Yetis, Mädchen mit telekinetischen Fähigkeiten, Jungen, die gegen Schmerzen immun sind, das Huhn, das goldene Eier legt... allesamt Mutanten. Das ist heutzutage der Stoff, aus dem die Träume – und Kriege – sind.

Diese Gedanken lassen ihn seine Müdigkeit vergessen, und bald schon ist seine Aufmerksamkeit auf den Nachthimmel gerichtet. Der unendliche Himmel. Die Unendlichkeit, die direkt oben auf seinem Kopf beginnt und vielleicht durch einen Planeten übertragen wird. Und die Sterne, sieh sie dir an, sie sind eben nicht Gottes kleine Gucklöcher. Nein, die Wissenschaft hat längst alle Götter aus dem Firmament vertrieben und durch häßliche Gebilde aus Stein und Gas ersetzt. Jene Jacinta hatte ihm unbedingt die Sternbilder zeigen wollen – ihre Sternzeichen. Er hatte gesagt, daß es hinter den Sternen noch weitere Sterne gebe und daß ein Glaube, der sich nur an die sichtbaren Sterne hänge, so ähnlich sei wie die Vorstellung von der Erde als Mittelpunkt des Universums.

Ob der Tiger wohl, wenn er die Sterne sieht, daraus Tierfiguren macht, ihnen Namen gibt und sie dann vom Himmel herunterholt, um sie zu fressen, sie sich einzuverleiben?

Das Nachtsichtgerät ist schwer, allgegenwärtig. Und trotz seiner langjährigen Erfahrung mit dem Gerät ist er immer noch tief beeindruckt von der ungeheuren Veränderung, die es mit der Welt um ihn herum anstellt, seiner einzigen Welt. Überall wo er hinschaut, haben die Sterne die Welt in ein fluoreszierendes Grüngelb getaucht. Fast als wäre er von einer seltsamen Art Farbblindheit befallen, oder als wäre er ein Sternenwesen, mit den Augen eines Außerirdischen. Unten in der

Ebene hocken zwei zitronengelbe Wallabys, und er vermutet, daß sie gerade getrunken haben.

Schön sitzen bleiben, meine pummeligen Hübschen. Schön sitzen bleiben.

Es ist durchaus möglich, denkt M., daß der Tiger oben auf dem gegenüberliegenden Hang ebenso dasitzt wie ich. Vielleicht hat er gerade die Wallabys erspäht und versucht nun herauszufinden, welches das schwächere von beiden ist. Man nimmt an, daß er etwa alle zwei oder drei Tage töten muß: Das behaupten die Wissenschaftler, die die Länge des Verdauungsapparats seiner Vorfahren gemessen haben. Doch die Farmer – von Phantomen oder wer weiß was geplagt – erzählen andere Geschichten. Geschichten von Tigern, die einfach aus Lust und Laune Tiere gerissen haben, manchmal bis zu neun Schafen in einer Nacht. Oder, denkt M. und hält das für wahrscheinlicher, vielleicht liegt sein Tiger nur da und guckt, so wie ein Hund zu Füßen seines Herrn ins Feuer guckt, mit vollem Bauch und den Kopf auf den Vorderpfoten. Ja, es könnte gut sein, daß er heute nacht nichts Besseres zu tun hat als zu ruhen.

Methodisch sucht M. den gegenüberliegenden Höhenzug nach möglichen Rastplätzen und dunklen Höhlen unter vorspringenden Felsen ab. Als er seine gelbsüchtigen Augen wieder über die Ebene schweifen läßt, sieht er, daß eines der Wallabys jetzt zu dem Pfad läuft, der in seine Richtung führt. Verdammt! Er hat den Rucksack voller Köder, was braucht er da ein Wallaby, das seine Schlinge demoliert.

Hau ab! Hau ab! Hau ab!

Er springt auf, zerreißt die Stille der Nacht mit lauten Schreien, stürzt durchs Gebüsch hinunter. Das erschreckte Wallaby schlägt einen Neunzig-Grad-Haken und rennt fort. Sein Gefährte verschwindet ebenfalls. M. weiß, daß er alles um sich herum verscheucht hat: der Betrunkene auf der Party, der dauernd sein Bier verschüttet. Vielleicht hat er den Tiger vertrieben. Sein unkontrollierter Ausbruch war weithin zu hören, und ihm selber kam seine Stimme genauso fremd vor wie das, was er sieht. Wenn jetzt jemand bei ihm wäre, hätte er sich umdrehen und mit dämonischem Grinsen witzeln können: »Tut mir leid, Kumpel, keine Ahnung, was in mich gefahren ist.«

Er sitzt und wartet.

Um ein Uhr früh ist er wieder beim Zelt. Seine Arme, seine Beine, seine Brust – sein ganzer Körper bis hoch zum Kinn ist schläfrig und benommen. Er fühlt sich so müde, daß er sich am liebsten in voller Montur vor dem Zelt hinlegen und schlafen würde. Doch er kennt diese Gefahr nur zu gut, diesen Sirenengesang des Schlafs, und er atmet ein paarmal tief durch, um ihn abzuschütteln. Der Verschollene, denkt er. Es gab da jemanden, der womöglich den süßen Ruf des Schlafs vernommen hatte. Während sein Körper allmählich auskühlte, schuf der Schlaf vielleicht sachte, sachte einen kleinen Platz für sich. Der Mann würde sich dagegenstemmen, gewiß, doch der Schlaf besiegt selbst die edelsten Instinkte, und auf die ihm eigene hartnäckige Weise würde er ihn ganz ausfüllen, alles Leben aus ihm vertreiben. Wie sanft, ach, wie sanft muß sie gewesen sein, diese letzte Umarmung. Jetzt begreift M., daß die Frau in der geräuschlosen Ebene des Schlafs ihre eigene Suche betreibt. In ihrem Bett müht sie sich ab und versucht das zurückzugewinnen, was ihr rechtmäßig zusteht. Sie ist sehr beschäftigt und sollte nicht gestört werden.

Sicher eingerollt in seinem Zelt, übergibt M. sich bereitwillig dem Schlaf.

Ein hohes, verzweifeltes Gejaule weckt ihn so unvermittelt, daß er kaum geschlafen zu haben glaubt. Die Schlinge!

Er krabbelt aus seinem Schlafsack, denkt nur: Ja, ja, ich bin schon unterwegs. Er ist nicht aufgeregt. Man hat von keinem Tiger gehört, der je solchen Krach gemacht hätte. »Wuff, wuff, wuff, wie ein Hund, ein Terrier«, hat ein gewisser Samuel Riley 1812 berichtet, als er von einem englischen Reporter gebeten wurde, das Brüllen des legendären Beuteltigers zu beschreiben. Eigenartig, daß ein Tier mit einem derart monströs großen Maul so eine schwache Stimme besitzt. Exotisch! hieß es in der Zeitung.

Noch ganz verschlafen bahnt er sich seinen Weg durch das grüngelbe Unterholz. Je näher er kommt, desto lauter und wilder wird das Gejaule, und wenig später kann er das Tier sehen: ein Beutelmarder, der mit einer Pfote festhängt und wie verrückt in der Dunkelheit herumtobt. Er betrachtet ihn ein paar Minuten, um die Stärke seiner Schlinge zu prüfen. Ja, sie hält gut. Obwohl der Marder weniger wiegt als ein Tiger und der Test deshalb wenig besagt, ist M. doch zufrieden mit dem, was er sieht. Eine Weile betrachtet er noch diese geisterhafte Vorstellung. Er ist jetzt taub für das sehr irdische Wehklagen, als wären seine Träume von vorhin in seinen Ohren zu Wachs erstarrt. Die silbrige Drahtschlinge fängt das Mondlicht ein und blinkt, das Bäum-

chen federt auf und nieder. Er hebt sein Gewehr an das
Okular, zielt und feuert. Die Kugel trifft das Tier in die
Brust, das Echo der Explosion hallt nach wie Beifalls-
wogen. Er geht zu der Schlinge, packt das Geschöpf bei
dem gefangenen Bein und schneidet den Draht durch.
Den Kadaver schleudert er, ohne ihn groß anzu-
schauen, ins Gebüsch. Dann bringt er die Schlinge wieder in Ordnung, und zwar mit derselben Akribie und
Konzentration wie beim erstenmal. Was nützt eine
schlampig gelegte Schlinge? Sie ist so überflüssig wie
ein Loch im Kopf.

Die Morgensonne hat die Sterne vertrieben, und als er
erwacht, ist der Himmel ausnahmsweise einmal makel-
los blau. Zum Frühstück ißt er ein paar Getreideflocken
mit Wasser. Dann versteckt er genügend Reparaturdraht in einem Baum und bricht anschließend das Lager
ab. Er scheißt in den Hohlraum eines verrotteten
Baumstamms und prüft Farbe und Konsistenz, um zu
sehen, ob seine Verdauung in Ordnung ist. Nachdem
diese Morgenpflichten erledigt sind, kehrt er zum Ort
des nächtlichen Dramas zurück und findet seine neue
Schlinge leer und intakt vor. Das Frühstück hat ihn ge-
stärkt und neugierig gemacht. Er setzt den Rucksack
ab, um nach dem Marder zu suchen. Schon bald findet
er den traurigen Kadaver oder, genauer, die spärlichen
Reste eines traurig verstümmelten Kadavers. Alles was
von dem Tier übrig ist, ist der Kopf, der noch an einer
weißlichen Wirbelsäule hängt, und eine schlaffe Schulter. Der Rest ist herausgezerrt, abgerissen, wegge-
schleppt worden. Rufen Sie die Putzfrau. Die Teufel,
diese schamlosen Aasfresser, haben keine Zeit verloren.

An solch einem schönen Tag, an dem selbst die Elemente auf seiner Seite sind, arbeitet M. schnell, aber ohne nervöse Hast. Bis zum Mittag hat er insgesamt vier Schlingen ausgelegt und mit Ködern versehen. Zwei befinden sich oben auf dem gegenüberliegenden Hang, in der Nähe von tiefen, dunklen Felsspalten, wo er gestern abend im Geiste den ruhenden Tiger sah. Wenn ich dich hier hinphantasiert habe, denkt er und nagelt als Lockmittel einen schleimigen warmen Schafskopf an einen Eukalyptusbaum, dann sollte ich auch hier meine Schlingen legen. Meine Einbildungskraft ist mein Gefährte, mein Mann für schwieriges Gelände, der mir berichtet, was er gesehen hat. Was er als Möglichkeit ausschließt, werde auch ich ignorieren. Und wenn ich dich kriege, Tiger, wird er mit den Schultern zucken und wie jedesmal feststellen: Siehst du, ich hab's dir doch gesagt.

Und dann erinnert er sich: Es ist besser, allein zu jagen. Wenn sein Vater ihn an Wochenenden zur Kaninchenjagd mitnahm, war M. nie der erste, der fand, für heute reiche es. Immer und immer wieder hatte er den guten Doktor angefleht: Laß uns noch ein bißchen warten. Nicht nur, daß sein Vater bei diesen Ausflügen schnell ermüdete, er machte auch unnötigen Lärm, bewegte sich sogar, wenn die pelzigen Kreaturen in seine Richtung schauten. Er hatte kein Gefühl dafür, sein Vater, absolut kein Gefühl dafür. Sobald M. sechzehn war und den Segen seiner Mutter hatte, ging er lieber allein auf die Jagd.

Bei ein paar flechtenüberzogenen Doleritbrocken am Rand eines Tümpels, der groß genug ist, um in seiner Karte als See verzeichnet zu sein – einer von »Salomos Juwelen« –, macht er Mittagspause. Ein kleines Wäldchen mit tausendjährigen Steineiben, die so satt dunkelgrün sind, wie es ihrem Alter ansteht, hat sich ans Ufer gekauert. Dahinter ist ein knochenbleicher, nackter Eukalyptus ins Wasser gefallen. Ein weiterer Eukalyptus, dessen Stamm spiralig verdreht ist wie Karameleis, klemmt zwischen den Felsen und dient M. als Rückenlehne. Er läßt sich Zeit beim Essen, verspeist zwei Eier und würgt eine Portion aus seinem Reisgürtel herunter. Der Gürtel ist keine Offenbarung: Der Reis ist eßbar, aber nur so gerade. Er genießt die Sonne und studiert die Lichtreflexe auf dem Wasser, wie der braune Hügel auf der anderen Wegseite auf den schimmernden Tümpel gefallen ist, aber nicht ganz hinein. Und als M. aufsteht, wird auch er gespiegelt, umgekippt, zu Fall gebracht.

Der Nachmittag gehört seinen prächtigen Fallen. Als Zweierpäckchen haben sie die ganze Zeit in seinem Rucksack gesteckt, jetzt zieht er eine heraus und legt sie vorsichtig in die Sonne. Seine Tigerfalle – eine Abwandlung anderer Fallen, die er entworfen hat, gefertigt aus einer leichten, unzerbrechlichen Titan-Aluminiumlegierung. Er gräbt eine flache Grube in die Erde, nimmt die Falle und drückt die Federn mit dem Stiefelabsatz so weit herunter, bis der Haken am Rand der Bodenplatte einrastet und straff gespannt über den spitzen Zähnen sitzt. Vorsichtig legt er die Falle in die Vertiefung und schlägt den Befestigungsbolzen ein. Ein Tritt auf die Platte, und der Haken springt heraus, die Zähne schnappen zu, das Tier tanzt und zerrt, wird aber von dem Bolzen und der Kette festgehalten. Bolzen, Kette, zermalmende Zähne: Das Ganze hat etwas Mittelalterliches, denkt M., während er sein Werk mit einer Schicht aus Blättern und Erde tarnt. Jetzt fehlte nur noch, daß ich einen Umhang aus Kuhhaut trage.

Einmal entdeckt er einen Kreis aus geschwärzten Steinen. Er stellt sich vor, daß Aborigines ihn gelegt haben könnten, bevor sie, die Reinrassigen jedenfalls, vor Jahrzehnten beinahe ausgelöscht wurden. Er erinnert sich, gelesen zu haben, daß die Regierung einst versuchte, eine andere Insel, De Witt, zu einem Refugium für Aborigines zu machen – irgendwann wollte man dann doch ihre beschämende Vernichtung aufhalten. Die Insel war ein trostloser kleiner Felshaufen, den jedermann mied. Und natürlich scheiterte das Experiment. Im Jahre 1936, dem Jahr, als der letzte Beuteltiger in Gefangenschaft starb – in Mrs. Mary Roberts' Privatzoo von Beaumaris –, kam die De-Witt-Insel dann noch einmal ins Gespräch. Eventuell noch existierende Tiger sollten eingefangen und dort ausgesetzt werden... Irgend etwas treibt M., einen der glatten Steine aufzuheben und in der Hand zu wiegen, und irgend etwas treibt ihn dann auch dazu, ihn wieder zurückzulegen.

So vergehen die Tage. Er wandert und zieht dabei die zitternde Kompaßnadel zu Rate. Wenn er zufällig auf das bronzene Gekringel einer Schlange trifft, die auf einem warmen Fleckchen Erde schläft, muß er nur mit dem Fuß aufstampfen, und die Schlange macht sich anmutig davon. Die Schönwetterperiode ist so ungewöhnlich, daß die ewigen Buschfliegen und ihre schwerfälligen Vettern, die dicken, schwarzen Märzfliegen, so was wie Feiertage ausgerufen und sich verkrochen haben. Ach, die Sonne, die Sonne... Nachts wacht er über einem weiten, grasbewachsenen Tal, das den einen langen Arm vom vierarmigen »Goldenen Torbogen« der Hochebene bildet. Und so geht es weiter. Tagsüber legt er Schlingen aus und stellt Fallen auf, nachts wacht er. Jede Nacht fängt er irgendwelche Tiere – Wallabys, Pademelons, Beutelmarder – und wirft sie wieder dorthin, wo sie hergekommen sind. Doch nirgends der Tiger.

Das Wetter ändert sich, Wolken ballen sich mit neuer Kraft zusammen. Ein gnadenloser schwerer Regen hüllt zwei ganze Tage in graue Dunkelheit, und zwei Nächte lang verläßt M. nicht sein Zelt. Dazu bläst ein so wütender Wind, daß die Bäche rückwärts fließen. Aber was macht ihm Regen jetzt schon? Regen ist einfach Regen. Jetzt – jetzt spürt er, daß sie stattgefunden hat, die alchimistische Verwandlung, die in die Knochen eindringt und einem Mann so fein abgestimmte Eigenschaften verleiht, daß er kein Mensch mehr ist, daß er mehr als ein Mensch ist. Jetzt ist M. der Naturmensch, der Mann, der sehen, hören und riechen kann, was andere Menschen nicht wahrnehmen können. Der Mann der zarten Berührung und geschmeidigen Bewegung. Der Mann, der bei Tag und bei Nacht seinen Weg durch den Busch finden und in den frühen Morgenstunden regungslos dasitzen kann, den Finger wie angewachsen am Abzug.

*

Auf dem Tisch wartet ein frischer grüner Salat auf ihn. Und ein gegrilltes Hähnchen. Ja, es scheint für ihn zu sein: Vier Teller, vier Bestecke und vier Wassergläser sind aufgedeckt. Er piekst in das Hähnchen, es ist kalt.

Er nimmt ein langes, heißes Duschbad.

Bike stürmt ins Badezimmer und klopft an die Glastür der Dusche.

»Mr. David, Mr. David«, sagt er, »das Essen ist fertig.« Dann dreht er sich um und verschwindet.

Sass hat ein Lächeln im Gesicht. Bike ebenfalls. Die Mutter sitzt da, die Ellbogen auf der Tischplatte, und er sieht, daß sie etwas roten Lippenstift trägt. Wer immer ihn aufgetragen hat, war begeistert bei der Sache: Die Konturen ihrer Lippen sind übermalt.

»Wie geht es Ihnen?« sagt die Frau. »Willkommen zu Hause.«

»Vielen Dank.«

Sie sitzen eine Weile da und betrachten das Hähnchen. Die Frau lehnt sich zurück, ihr Hals wird schlaff.

»Möchten Sie Salat?« fragt Sass.

»Danke, ja.« Er nimmt sich. Sass ebenfalls. Die Frau setzt sich wieder gerade hin, tut Bike auf und legt sich selber ein paar Blättchen auf den Teller. Sie schaut zu M. hinüber und lächelt – wie? Zärtlich? Könnte es zärtlich sein? Ein mütterliches Lächeln.

Er wartet, daß ihm das Hähnchen angeboten wird. Schließlich langt Sass über den Tisch und versucht, ein Bein abzureißen.

»Komm, laß mich das machen«, sagt M., nimmt das kurze, stumpfe Messer und die Gabel und säbelt das Bein ab.

»Mm, lecker«, sagt Bike, »leckerschmecker.«

»Mögen Sie Hähnchen?« fragt Sass. »Alle Menschen auf der ganzen Welt mögen Hähnchen. Jack hat es heute vorbeigebracht.«

»Mrs. Jack«, korrigiert Bike.

»Mrs. Jack hat ihn darum gebeten«, sagt Sass, »aber Jack hat es gebracht. Stimmt doch, Mum? Jack hat es gebracht.«

Die Mutter nickt, lächelt.

»Siehst du«, sagt Sass und grinst ihren Bruder überlegen an.

»Siehst du, siehst du«, äfft Bike sie nach, zieht ein imaginäres Fernglas hervor und fuchtelt damit in der Gegend herum.

»Bastard«, sagt Sass. »Hören Sie nicht auf meinen Bastard-Bruder, Mr. Martin David. Er kann nichts dafür. Er ist adoptiert.«

»Sie lügt.« Bike blickt seine Mutter hilfesuchend an.

Sie tätschelt seine Schulter und sagt: »Ach, sie redet nur dummes Zeug.«

Bike wiederholt leise »dummes Zeug«.

Das Essen ist köstlich, der Salat frisch und saftig. M. nimmt sich von allem nach.

»Wie war Ihr Ausflug?« Die Frau macht einen neuen Anlauf.

»Problemlos, völlig problemlos.«

»Ist es kalt da oben?«

»Nein, nicht besonders.«

»Ach, stimmt, Sie spüren die Kälte ja nicht.« Sie lächelt und schiebt ein Stück Hähnchen an den Tellerrand.

»Nein, eigentlich nicht.«

»Schnee?«

»Diesmal nicht.«

»Was glauben Sie, wie lange dauert es noch bis zum Schnee?«

»Schwer zu sagen, schwer einzuschätzen. Wer weiß das schon.«

»Na, na«, sagt sie mit demselben kleinen Lächeln auf ihren oh, so roten Lippen, »Sie wissen doch immer Bescheid, mein Lieber. Stimmt das nicht, Kinder? Er weiß immer Bescheid.«

Sie essen. Schon bald legt sie wieder los.

»Sind Sie sicher, daß Ihnen nicht kalt ist?«

»Nein, vielen Dank, überhaupt nicht.«

»Oh.« Sie lächelt, legt die Gabel hin und zieht ihre Jacke über der Brust zusammen.

»Er friert nicht, Mum«, sagt Sass. »Stimmt doch, oder?«

Er nickt.

»Wir haben Sie vermißt«, sagt die Frau. »Ich habe Sie vermißt.«

Jetzt begreift er: Sie steht unter Medikamenten und ist verwirrt.

»Erzählen Sie uns, was Sie gesehen haben«, sagt Sass.

»Au ja! Was haben Sie gesehen? Was gibt es da oben?« Bike ist aufgeregt. Er trommelt mit der Gabel auf den Tisch.

»Hör auf, du Idiot!« faucht Sass. »Bitte«, sagt sie, »haben Sie irgendwelche Teufel gefangen?«

»Ein oder zwei«, sagt er, »aber ich habe sie wieder laufenlassen.«

Sass ist beeindruckt. Aber sie will mehr wissen.

»Haben Sie sonst noch was gefangen? Sie wissen schon? Irgendwas...?«

»Leider nein. Ich war nur hinter Teufeln her, und Teufel habe ich auch gekriegt.«

»Aber sonst noch was? Ir-gend-was?« Sie reißt die

Augen weit auf und legt einen Finger auf ihre Nasen-spitze, als wollte sie sagen: »Sie können es mir ruhig verraten, machen Sie sich keine Sorgen wegen der ande-ren.«

»Tja«, sagt er, und das Mädchen hört beinah auf zu atmen. »Tja, also ich habe noch eine Wasserflasche ge-funden.«

Sie wartet. Die Wasserflasche ihres Vaters?

»Eine blaue«, fährt er fort.

Auf dem Foto des verschollenen Mannes guckt eine blaue Wasserflasche aus einer seiner Taschen.

»Eine blaue...«, sagt Sass. »Und weiter, bitte wei-ter.«

»Sonst nichts, gar nichts.«

Nach ein paar Minuten fragt sie: »Darf ich sie mal se-hen?«

»Nein, leider nicht. Sie ging nicht in meinen Ruck-sack.«

»Aber – wieso nicht?« Sie sieht aus, als würde sie gleich weinen; ihre Unterlippe zittert.

»Weil ich sie nicht reingekriegt habe.«

Sie durchbohrt ihn mit den Augen, durchbohrt ihn bis auf die Knochen. Sie sitzt da und starrt ihn an, und er merkt, daß er einen Fehler gemacht hat. Das Mäd-chen ist nicht dumm, sie hat natürlich gesehen, wie er die blutigen Herzen und Leberstücke eingepackt hat, und nachdem er sie verteilt hatte, wäre, auch bei knausrigster Berechnung, reichlich Platz in seinem Rucksack gewesen. Aber weiß ein Mädchen tatsächlich all diese Dinge? Sie denkt über etwas nach, ja, aber über was?

»Ich hab eine Wasserflasche«, sagt Bike stolz, und er

scheint ganz verdutzt, als seine Schwester ihn ausreden läßt. »Ich hab sogar zweihundert Millionen.« Und immer noch schweigt seine Schwester.

M. schläft gut und steht am nächsten Tag wie gewohnt vor den anderen auf. Er beschließt, noch einmal in die Stadt zu fahren und sich nach einem Zimmer im Hotel zu erkundigen. In Sids Supermarkt versorgt er sich mit frischem Gemüse, und der glückliche Metzger ist zu seiner Überraschung schlecht gelaunt.

Im Hotel bestellt er ein Steak, und als er gegessen hat, geht er zum Tresen, um zu zahlen. Der Wirt nimmt das Geld entgegen.

»Übrigens«, sagt M. und steckt das Wechselgeld ein, »wie teuer ist ein Zimmer?«

»Nichts frei«, sagt der Wirt.

Nichts frei?

»Was soll das heißen?«

»Wie gesagt, Kumpel, nichts frei.«

Nicht möglich.

»Fährt jemand weg?«

»Alles feste Kunden, die hier wohnen.« Der Wirt wirft einen Blick in den Raum. Die Säufer sind aufmerksame Lokalpatrioten: Endlich gibt es was zum Zuhören.

»Ich zahle den doppelten Preis.«

»Sie können gern das Dreifache zahlen, Kumpel, ändert nichts.«

Und damit schließt der Wirt die Kasse und zieht sich in die Küche zurück.

»He, Sie da«, ruft ein Säufer weiter hinten am Tresen und nickt ihm zu. »Wollen Sie ein Zimmer?«

Oh, eine Gelegenheit. M. wird den alten Kauz ein bißchen einwickeln.

»Richtig, Kumpel. Ich brauche ein Zimmer.«

»Richtig?«

»Richtig.«

»Tja, also.« Der alte Mann läuft rosa an und lacht keuchend. »Sie können keins kriegen!« Das erzeugt große Heiterkeit unter den Säufern. Grinsend schütten sie ihr Bier herunter.

Einer von ihnen – er ist jünger und trägt ein Hemd aus Baumwollflanell und eine robuste Drillichhose, ruft ihm zu:

»Komm rüber, Kumpel. Ja, hierher. Hol dir einen Hocker.«

M. bleibt, wo er ist.

»Sie wohnen draußen bei den Armstrongs, richtig? Wir haben von Ihnen gehört.«

M. bleibt, wo er ist.

»Von wo?« Der Mann blickt in die Runde, sucht Bestätigung. »Vom Festland, oder? Von irgendner Universität. Obwohl, Sie sehen gar nicht so aus.«

Die Säufer sind sichtlich munter geworden.

M. sagt: »Ich zahle Ihnen das Doppelte für das Zimmer.«

»Ach ja? Da ist nur eins, Kumpel. Wir nehmen hier keine Grünen Arschlöcher. Wenn du also nicht bei deinem Kumpel Jarrah Armstrong landen willst, verpiß dich.«

»Verpiß dich!« Der alte Mann findet das irrsinnig komisch und kriegt einen Hustenanfall. Ein anderer Säufer fängt an, »Are you lonesome tonight?« zu singen... er schnulzt und glotzt, wird ganz häßlich dabei. Andere klopfen jetzt mit ihren Gläsern auf die Tische. M. hätte dem grinsenden Mann vor ihm fast mit der Faust ins Gesicht geschlagen, aber er bremst sich. Jetzt muß er Geduld beweisen; er ist ein Profi und wird nichts tun, womit er die Jagd aufs Spiel setzen könnte. Ja, so ist es, Geduld. Er beruhigt sich, sei geduldig.

Nachdem M. wieder zurückgekehrt ist, bestätigt sich seine Befürchtung, daß das Mädchen tatsächlich immer noch hofft. Es ist nicht sofort offenkundig, aber er bemerkt es doch: Sein Rucksack steht nicht mehr an derselben Stelle, er ist etwa dreißig Zentimeter näher an sein Bett gerückt. M. nimmt eine Untersuchung vor. Zwar fehlt nichts, aber es ist klar, daß jemand seine Sachen gründlich durchsucht hat. Sein Gewehr liegt noch verschlossen in der Schachtel. Ich werde sie nicht zur Rede stellen, denkt er, es reicht, daß ich es weiß.

Spät in der Nacht, sehr spät, als er zur Toilette muß, hört er eine Stimme in Dornröschens Kammer. Nein, es ist nicht die Frau, sondern die Schnüffeltochter. Ihre Worte, immer wieder unterbrochen, sind fast nur ein Flüstern. Er steht vor der Tür und horcht angestrengt...

»... Aber Bike ist okay, ich glaub wenigstens, er ist okay. Du weißt ja, daß er ein blöder Idiot ist, der keine Ahnung hat. Aber sag ihm nicht, daß ich dir das gesagt hab, sonst bringt er mich um. Das ist jedenfalls schon mal gut. Das ist gut...

... Versprich mir, daß du nicht böse wirst. Versprichst du mir das, Hand aufs Herz und großes Indianerehrenwort? Okay, dann erzähl ich's dir... Mr. Martin David hat gesagt, daß er Dads Wasserflasche gefunden hat, du weißt doch, die blaue. Die wir ihm letztes Jahr zu Weihnachten geschenkt haben und wo er gesagt hat, das ist das schönste Geschenk, das er in seinem ganzen Leben gekriegt hat. Du weißt schon, die glänzende blaue. Und jetzt hat Mr. Martin David gesagt, er hat sie gefunden. Das ist doch schön, nicht...

... Ein Lügner, ein riesengroßer Lügner. Weil ich nämlich in sein Zimmer gegangen bin, obwohl du es mir verboten hast. Aber ich mußte rein, wegen der Wasserflasche. Das ist doch okay, nicht?... Aber sie war nicht da... Er ist gar nicht nett. Überhaupt nicht... Okay, Mum, mach dir keine Sorgen deswegen. Ich versprech dir, da passiert nichts... Also gut... Nacht, Mum... Schlaf schön...«

Er hört, wie das Mädchen vom Bett aufsteht und der stummen Mutter ein Gutenachtküßchen gibt. Schnell verschwindet er wieder ins Bett.

In den folgenden zwei Tagen verläßt die Frau ihr Zimmer nicht. M. staunt unterdessen über das Mädchen: Sie behandelt ihn freundlicher, als er erwartet hätte. Aber freundlich, denkt er, trifft es nicht ganz. Sie ist nicht freundlich, sondern nur »nicht unfreundlich«. Es ist nicht zu übersehen, daß sie ihm, wo immer sie kann, aus dem Weg geht. Für einen Neuling in Sachen Doppelzüngigkeit, würde er ihr gern sagen, machst du dich sehr gut.

*

Bei seiner Rückkehr zur Hochebene stellt er fest, daß jedes Gebüsch, jeder Felsen und jeder Tümpel sich von der strahlenden Sonne verabschiedet und in tiefhängende Wolken gehüllt hat. Er wählt eine neue Route, da er neue Fallen und Schlingen ausbringen will, um danach in einem Bogen zurückzugehen und die früheren zu kontrollieren. Die Alten sagten, daß ein Beuteltiger sich einer Schlinge erst nähert, wenn sie mindestens eine Woche alt ist, und M. sieht keinen Grund, weswegen sein Tiger nicht genauso wachsam sein sollte. Vielleicht sogar noch wachsamer. Aber, sagt er sich, während er sich Schritt für Schritt mühsam vorankämpft, wer weiß das schon? Andere Tigerjäger haben behauptet, sie hätten sechzehn Tiger an einem einzigen Tag in Schlingen gefangen. Ach ja! Die guten alten Zeiten... Und überhaupt, was sollen solche Geschichten, wenn er doch gar nicht nach allen Tigern sucht, sondern nur nach einem, dem letzten: seiner Tigerin.

Ist sie wohl wachsam? Von stets fluchtbereiten Eltern in der Kunst des Entkommens unterrichtet? Oder hat sie schlicht Glück? Oder Pech? Besitzt sie nach jahrelanger Inzucht noch irgendeine Verhaltensähnlichkeit mit ihren Vorfahren? Oder ist jeder Tag für sie eine jämmerliche Übung, die sie genauso apathisch absolviert wie ein Komaopfer in einem Pflegeheim? Hat sie überhaupt noch die Kraft zu töten oder ist sie, wie die Handvoll gefangener Zookreaturen vor ihr, längst zum Aasfresser heruntergekommen? Ist ihr gestreiftes, honigfarbenes Fell noch kurz und dicht wie beim Dobermann oder längst schon räudig und madenzerfressen?

Dieses unwürdige Bild seiner Beute deprimiert M., und er macht sich sofort an die Korrektur: Doch, ja, es liegt Tapferkeit im Überleben. Der letzte Tiger, seine Tigerin, muß wachsam, muß stark sein, sie muß geschickt und rücksichtslos und klug sein. Und falls sie durch Mutation mit neuen Eigenschaften ausgestattet sein sollte, dann müssen es Eigenschaften sein, die den unbeirrbaren Drang zum Überleben verstärken, nicht solche, die ihn schwächen. Sonst würde sie nicht mehr am Leben sein, sonst hätte der Winter sie umgebracht. Und nein, seine Tigerin verbringt ihre Tage nicht auf jämmerliche Weise, sie begrüßt vielmehr jeden Tag als neue Möglichkeit, den Geruch eines Gefährten aufzuspüren. Das ist es, was sie Tag für Tag über die Hochebene treibt: Unsterblichkeit.

Und während er sich den Beuteltiger schöndenkt, sieht der Naturmensch plötzlich etwas Rotes zwischen zwei Felsen aufblitzen. Er setzt seinen Rucksack ab und schaut nach. Was ist das? Das Baby eines Stoikers? Oder – was? Doch wohl nicht die Überreste des verschollenen Mannes? Vielleicht hat er jetzt etwas, was er dem Mädchen aushändigen kann. Das hofft er jedenfalls.

Ja, das hofft er.

Was er findet, ist ein buntes Halstuch. Hat der Verschollene ein Halstuch getragen? Er schien nicht gerade der flotte Typ zu sein, aber man weiß ja nie. M. markiert die Stelle auf seiner Karte und steckt das Tuch ein. Er erforscht das umgebende Gelände und findet schnell die Antwort: zwei Paar schlammige Stiefelspuren. Nicht der verschollene Mann, sondern zwei Buschwanderer, vielleicht Park-Ranger. Aus Umfang und Tiefe der Abdrücke – zwei sind groß und tief, die anderen beiden schmal, klein und flach – schließt er, daß ein Mann und eine Frau irgendwann in den vergangenen zwei trockenen Tagen nach dem Regen hier gegangen sind. Sie haben – so muß es gewesen sein – den Weg durch den offenen Paß genommen, der sich in einem Neunzig-

Grad-Winkel von seiner Route entfernt. Er bleibt stehen und fingert an dem Halstuch, überlegt eine Weile. Sie gehen nicht in meine Richtung, und deshalb werden sie mich auch nicht stören. Ich kann nichts machen. Also weiter wie geplant.

Seine letzte Pause hat ihm neuen Schwung verliehen, und er arbeitet hart. Bei Einbruch der Dämmerung sind eine Schlinge gelegt und eine Falle aufgestellt. Die weiße Wolke hat sich nicht gelichtet, und die Sicht ist so schlecht, daß er das vor ihm liegende offene morastige Gelände mit Ananasgras kaum überblicken kann. Nachdem er gegessen hat – frische Mungo-Sprossen, die den Tag über in einem Plastikgefäß gewachsen sind, das er an seinen Rucksack gebunden hat –, nimmt er eine Peilung vor und beginnt, sein Lager aufzuschlagen. Als Zugeständnis an seine neuen Nachbarn beschließt er, seine Stirnlampe nicht zu benutzen. Die Nacht ist kühl und die Wolkenbank feucht. Er setzt sich mit dem Gesicht in den Wind und wartet. Ein Opossum mit buschigem Schwanz zieht dicht an ihm vorbei. Mit dem Fernglas seines Gewehrs kann er den Umriß erkennen, und er beginnt, das Tier im Geiste so zu zerlegen, als würde er es häuten: vom Schwanzknochen zum Hals, vorsichtig am Anus vorbei, am Penis hoch, ohne die Harnröhre zu verletzen, dann möglichst geschickt durch die Eingeweide bis zu den Rippen, dann hinter den beiden Hinterläufen wieder zurück. Als nächstes an den Vorderläufen entlang und schließlich ein Halskrausenschnitt. Jetzt ist es fertig zum Schälen. Wie eine Frucht. Er muß daran denken, wie er zum erstenmal ein Kaninchen gehäutet hat. Wie er die Sache verpfuschte, indem er mit der Messerspitze die Eingeweide traf. Was für ein Gestank! Aber er hatte weitergemacht, hatte das Tier geschält, obwohl er all seine Kraft brauchte, um ihm das Fell über die Ohren zu ziehen. Er hatte gar nicht fassen können, wie rot und mager es war. Hätte ich das jemals tun können, fragt er sich, wenn ich nicht auf dem Land aufgewachsen wäre?

Einige Stunden später hört er dort, wo seine Falle aufgebaut ist, ein Rascheln im Gebüsch. Er steht auf und geht langsam zu der Stelle. Noch ein Wallaby. Diesmal tötet er es mit einem schnellen Schlag gegen den Hals – wiederum aus Rücksicht auf seine Nachbarn. Er hätte sie nicht gerne mit dem hallenden Knall seines Gewehrs geweckt. Das Wallaby zittert kurz und erstarrt. M. beschließt, das Tier sofort zu häuten: damit er nicht aus der Übung kommt und etwas zu tun hat. Es klappt problemlos. Nur bei den Rippen, wo die perlmutterfarbene Haut fest an Fleisch und Knochen sitzt, muß er den Schnitt unterbrechen: schlitzen und hochziehen, schlitzen und hochziehen. Die Arbeit ist schnell getan. Er schneidet das dünne Häutchen an den Rippen ein, um besser ins Innere sehen zu können, und trennt nun die Eingeweide von der Darmmembran. Das ist Feinarbeit. Er löst den Harnleiter aus dem Becken und macht einen Knoten hinein, damit kein Urin austritt. Wehe, du pißt mich an, flüstert er, wehe, du pißt mich an ... Mit einer Hand langt er in den Kadaver und zieht ein Gewirr von blauen und rosa Innereien heraus, jede mit einem hauchdünnen Überzug aus weißem Fett. Dann die braunrote Leber. Die fettigen Nieren klemmen hinten am Rücken. Als er fertig ist, untersucht er das Fleisch. Zum Essen findet er es zu wässerig und zu stark beschädigt, aber als Köder reicht es. Er zerhackt die Gelenke, packt die zerlegten Fleischstücke und Eingeweide wieder in das Fell und trägt das Ding ohne Kopf und Pfoten zurück zu seinem kleinen Zelt. Er weiß, daß es stinken wird, aber es ist spät, er ist müde, und eigentlich ist es ihm egal.

Am nächsten Morgen schrubbt er sich das getrocknete Blut von Händen und Unterarmen und säubert das Messer. Er benutzt einen schlammigen kleinen Tümpel als Waschbecken und eine Handvoll Teebaumzweige als Bürste. Ah, sauber. Sauber wie ein Babypopo. Das sagte seine Freundin – seine einzige Freundin – immer, wenn sie mit dem Geschirrtuch in der Küche herumtändelte. Aus irgendeinem unbekannten Grund hatte er es komisch gefunden, so wie manche Menschen sich über einen ausgesprochen blöden Spruch halbtot lachen können ... Sauber wie ein Babypopo ... Aber es war nicht komisch, und bei dieser Erinnerung steigt leichter Ekel in ihm auf, es war nicht komisch, als sie schwanger wurde, während sie beide auf der Militärakademie waren, und er sich für die Abtreibung Geld borgen mußte ... Es überrascht ihn, daß er sich nach all den Jahren plötzlich daran erinnert.

Fünf Tage später, als er seine neuen Strecken bestückt hat, nimmt er etwas von dem versteckten Reparaturdraht und macht sich zu seinen alten Fallen auf. Er findet eine erstarrte Menagerie: Pademelons, Wallabys (noch mehr Wallabys), Teufel, Beutelmarder, zwei gestreifte Nasenbeutler, eine Wildkatze, eine schwarzglänzende Currawong-Krähe und in einer Falle ein stämmiges, junges Wombat. Das Wombat lebt noch, und M. schießt es in den Kopf. Er reinigt die Falle in etwas Wasser und denkt: Ich bin geduldig, und ich habe immer noch Zeit.

Wie erwartet funktionieren die Fallen besser als die Schlingen. Bei Durchsicht der ersten drei Strecken stellt er fest, daß die meisten Fallen zugeschnappt und nur wenige leer sind. Eine Falle ist offenbar durch einen herabfallenden Ast zugeschnappt, und ein paar andere könnten ausgetrickst worden sein, denn die Köder sind alle verschwunden. Es ist durchaus möglich, daß der Tiger, diese fleischgewordene Klugheit, den Köder gerochen und den Auslöser nur angetippt hat, um sofort zurückzufahren: Die tödlichen Zähne schnellen aus dem Boden und schnappen – nichts. Wenn ich abergläubisch wäre, denkt M., würde ich annehmen, daß ein Geistertiger hier herumgestrichen ist. Aber dazu neigt er nicht, und so untersucht er die Umgebung jeder Falle und Schlinge nach Spuren und Kot: nach irgendwelchen eindeutigen Hinweisen auf den Tiger. Wenn ich dich erstmal geortet habe, lasse ich dich nicht mehr entwischen, das verspreche ich dir.

Er hat seinen Rundgang fast beendet, als er erneut auf Stiefelspuren stößt, allesamt in der Nähe einer schlaffen Schlinge, und dann sieht er es: ein Inferno. Er untersucht die Drahtschlinge und stellt fest, daß sie mit etwas Scharfem, einem Messer zum Beispiel, durchgeschnitten worden ist. Leider ist auch nicht zu übersehen, daß das Bäumchen entzweigebrochen und in Form eines Kreuzes auf den dunklen Weg gelegt worden ist. Ein Zauber von Menschenhand. Unter dem Kreuz liegt ein schmutziges Stück Papier, beschwert mit einem kleinen Stein. Mit dickem Bleistift hat jemand darauf »VERPISS DICH« gekritzelt. Allmächtiger! Hoffentlich war es ein Buschwanderer und kein Park-Ranger. Hoffentlich war es ein Tourist. Aber was ist schon Hoffnung? Hoffnung ist gar nichts. Und – denk jetzt nach, denk genau nach, atme durch – was soll er machen? Sich umschauen, mit sich zu Rate gehen. Die Zwergbuche weiß es, der Doleritfels weiß es: Er kann nichts machen außer mit seiner Arbeit fortfahren, seine Strecken kontrollieren und nachts wachen. Er wird sehr vorsichtig sein müssen. Diese Geschichte ist ein Sturm, der vorübergeht, ein bißchen Pech, ein Wimpernschlag nur. Also gut. Er wird weitermachen.

M. überprüft die restlichen Fallen und Schlingen auf dieser Strecke. Zu seiner großen Erleichterung sind sie offenbar unentdeckt geblieben. Wenn es Park-Ranger gewesen wären, hätten sie bestimmt weitergesucht. Er beruhigt sich ein wenig. Die Jagd steht nicht auf dem Spiel; wahrscheinlich ist die Gefahr vorüber.

Später dann, in den frühen Morgenstunden, kehrt er in Gedanken zu der kaputten Schlinge und dem zerbrochenen Bäumchen zurück. Ja, gesteht er dem kalten Wind, es läßt sich nicht leugnen: Es stört ihn, daß sie beide, er und der Tiger, nicht mehr allein sind.

*

Während der sechs Wochen, die seit M. s unglücklicher Erwähnung der Wasserflasche vergangen sind, ist zwischen dem Mädchen und ihm eine merkwürdige Vertrautheit entstanden. Eine behutsame Vertrautheit von der Art, wie sie sich gelegentlich bei alten Freunden findet, die einander in der Vergangenheit enttäuscht haben. Seiner Meinung nach begann es damit, daß er ihr

das Halstuch mitbrachte und dazu die kleine Halb-
mondbörse, die er aus Wallabyfell genäht hatte. Wie er
sich schon gedacht hatte, gehörte das Halstuch nicht ihrem Vater, aber sie schien sich darüber zu freuen, daß er
es extra für sie eingesteckt hatte. Und als er ihr das
Portemonnaie überreichte, war ein kleines Lächeln
über ihr Gesicht gehuscht, und sie sagte in einem Ton
mädchenhafter Versöhnlichkeit: »Was ist das?... Es ist
hübsch.«

Von da an hatte das Mädchen sich an M. s Ruhetagen
mit ihm unterhalten und ihm sogar bei der Lösung klei-
nerer Probleme geholfen. Der Junge schien ihn ohnehin
noch immer zu mögen. Und Dornröschen? Sie tat wei-
terhin das, was sie am besten konnte: Sie schlief und
träumte und hoffte, daß das Schlimmste bald vorüber
wäre. Nach Aussage der Kinder kam Mrs. Mindy hin
und wieder vorbei, brachte jedesmal etwas zu essen mit
und saß eine Weile am Bett der ruhiggestellten Frau, die
sie unter ihre Fittiche genommen hatte. Sie rief auch an
und wollte Sass sprechen, und M. war aufgefallen, daß
das Mädchen danach jedesmal fröhlicher war. So wun-
dert es ihn auch nicht, als das Mädchen ihn eines Morgens nach einem dieser Anrufe bei der Hand nimmt
und zum Gemüsegarten bittet, oder besser, führt. Der
Junge folgt ihnen.

»Hier wachsen Möhren«, sagt Sass und zeigt auf das
Gartenstück, wo Bike gerade mit der Hand über or-
dentliche Reihen fedriger, grüner Stengel fährt. »Wissen Sie mit Möhren Bescheid?«

Weiß er mit Möhren Bescheid?

»Wissen Sie, wann sie groß genug sind, daß man sie
rausziehen kann?« fragt sie, hoffnungsvoll, hungrig.

Oh. »Sie sind groß genug«, sagt er, macht sich los und geht ins Haus zurück.

An diesem Abend kocht M. die Möhren mit Reis und dazu noch den Fisch, den er am Vortag in der Stadt gekauft hat. Weil Bike unbedingt zugucken möchte, erlaubt M. ihm, mitzuhelfen. Er zeigt dem Jungen sogar, wie man Möhren richtig kleinschneidet, nämlich diagonal, damit sie schneller gar werden. Die Kocherei macht ihm Spaß, warmes Essen ist ein Vergnügen. Und tatsächlich hätte er während seiner Wanderungen auf der Hochebene manchmal richtig Lust, am dampfenden Herd zu stehen. Die beiden Männer sind so vertieft in ihre Arbeit, daß sie verblüfft hochschauen, als Lucy Armstrong in einem sauberen blauen Kleid und mit ordentlich zurückgekämmten Haaren plötzlich vor ihnen steht.

»Was ist das denn?« fragt sie heiter.

Bike läßt das Messer fallen, rennt zu seiner Mutter, schlingt die Arme um ihre Taille.

»Das Abendessen«, sagt Sass, die ihrer Mutter in die Küche gefolgt ist.

»Riecht köstlich«, sagt die Frau. »Jamie, komm hilf mir beim Tischdecken.«

»Mein neuer Name ist Bike«, murmelt er in die weichen Falten ihres Kleids.

»Bike, hm, Bike? Das ist vielleicht gar nicht schlecht. Also gut, Bike, komm. Und du, Katie, hast du auch einen neuen Namen?«

»Sass«, erwidert sie. »Von Sassafras.«

»Das klingt hübsch. Und ich, bekomme ich ebenfalls einen?«

»Du bist Mum«, sagt Bike.

Sass schweigt.

Während des ganzen Essens beobachtet Sass ihre Mutter und redet kaum. Als M. ein Gespräch über die Gemüseecke (ja, die Gemüseecke – so weit ist es gekommen) beginnt, wirft Sass ihm einen wütenden Blick zu: Schweig still. Trau ihr nicht, der Schlafwandlerin. Unterdessen ißt die Frau und plaudert:

»Nun, Martin, wie kommen Sie mit der Arbeit voran? Machen die Teufel Ihnen Ärger?«

»Sie wissen ja, wie die sind, aber nein, wenig Ärger. Ich kriege, was ich brauche.«

»Mein Mann hat nämlich oben auf der Hochebene gearbeitet...«

Sie hält inne, nimmt einen neuen Anlauf. »Wir wohnen hier erst seit zwei Jahren.«

»Ach tatsächlich, seit zwei Jahren erst?«

»Und was war noch mal Ihr Fach, Zoologie?«

»Ja, Zoologie.«

»Dann haben Sie sicher Jarrahs Buch gelesen.«

»Steht ganz oben auf meiner Liste – tut mir leid, wie peinlich.«

»›Bioethik für das nächste Jahrtausend‹ – mein Titel. Und Sie haben es nicht gelesen?«

»Nein.«

»Nicht für Ihr Seminar?«

»Nein, bis jetzt noch nicht.«

Sie überlegt eine Weile. »Jamie, hol mal Dads Buch und zeig es Mr. David.«

Bike knallt seine Gabel auf den Tisch und steht auf.

»Was lehrt man denn heutzutage so in Zoologie?«

»Nun, das hat sich in den letzten zehn Jahren im Grunde kaum geändert. Allenfalls ein bißchen.«

Bike kommt mit leeren Händen zurück. »Hab's nicht gefunden«, sagt er, setzt sich wieder und ißt weiter.

»Ich suche es nachher«, verspricht Lucy. »Miss Sassafras«, sagt sie und wendet sich mit einem strahlenden Lächeln an ihre Tochter, »ist das Essen nicht köstlich?«

»Ja und?«

Die Mutter bringt ein weiteres Lächeln zustande.

Sass schiebt die Unterlippe vor, spielt mit ihrem Fisch.

»Ich habe euch etwas mitzuteilen«, sagt Lucy.

Sie warten.

»Morgen geht ihr zwei wieder zur Schule.«

»Au wei«, stöhnt Bike und hält sich den Bauch, als wäre er von einer Kugel getroffen.

»Aber –«, protestiert Sass. »Aber wieso denn? Wir müssen doch nicht, du kannst uns nicht zwingen.«

»Doch, das kann ich. Mrs. Mindy holt euch morgen punkt acht ab.«

»Mrs. Mindiii...« stöhnt Bike.

Sass sagt nichts.

Nach dem Essen verschwinden die Kinder in ihrem Zimmer, und M. ist allein mit der Schlafwandlerin. Er bemerkt, daß der Glanz in ihren Augen schwächer geworden ist. Erwartet sie, daß ich etwas sage? Aber was? Irgendwas? Doch kaum sind die Kinder außer Hörweite, ist sie es, die das unbehagliche Schweigen bricht.

»Ich nehme jetzt keine Tabletten mehr.«

Oh. Er nickt: Ich verstehe. Aber er versteht nicht. Er kann es nur ahnen, und er ahnt, daß ihre schlafwandlerische Suche zu Ende ist, abgebrochen. Und er ahnt, daß sie jetzt ihr Leben zurückhaben will.

Und so geht es weiter. M. kehrt auf die Hochebene zurück, und die Kinder kehren in die Schule zurück. Er setzt seine Jagd fort: zwölf Tage oben, zwei Tage unten. Zwölf Tage oben, zwei Tage unten. Dauerregen, gnadenloser Regen, und er ist immer noch auf der Suche, zwölf Tage oben, zwei Tage unten. Doch nirgends, nirgends der Tiger. Die Zeit am Boden des Stundenglases wird fett. Noch niemals ist er für einen Auftrag so lange fortgewesen.

*

In dem bläulichen Sandsteinhaus finden schleichend Veränderungen statt, und während seiner zweitägigen Besuche registriert er sie mit seinem Naturforscherblick sehr genau. Die Frau liegt nicht mehr ständig im Bett – statt dessen widmet sie sich dem Haus, säubert und verschönt es, füllt die Vasen mit frischen Blumen. Abends kocht sie. Auch ihr Aussehen verbessert sich. Ihre Lippen sind nicht mehr so blaß und blutleer, ihre Schultern nicht mehr eingefallen, und den Kopf hält sie aufrecht. Sie trägt saubere Sachen. Wenn er da ist, kümmert sie sich um sein Wohlergehen, achtet darauf, daß er ordentlich zu essen bekommt und nicht friert. Auf sein Anraten hin fährt sie gelegentlich in die Stadt, um Vorräte zu besorgen. Sie beginnt, Konversation zu machen, plaudert über alles mögliche, was er weniger lästig findet, als er gedacht hätte: Sie ist freundlich und gut gelaunt, und obwohl sie gern redet, redet sie doch nicht zu viel. Er fragt sich, ob – und wann – sie ihm irgendwann so nahekommt, daß sie ihn küßt. Dabei merkt er, daß sie noch nicht ganz medikamentenfrei, nicht immer ganz klar im Kopf ist. Diese gelegentliche Verschwommenheit, eine Art entspannter Gleichgültigkeit, ist zwar nicht eindeutig nur Tabletten zuzuschreiben, aber er kann sich gut vorstellen, daß er sich mehr als einmal hat täuschen lassen. Und die Kleinen? Natürlich ist das Wiedererwachen ihrer Mutter nicht ohne Auswirkung geblieben. Das Mädchen ist still geworden, als sei ihre Energie erschöpft. Sie hält Winterschlaf. Und der Junge – der Junge schwimmt mit der stärksten Strömung. Er weicht seiner Mutter nicht von der Seite, bis auf die Tage, an denen sie zerstreut ist. Dann wendet er sich schamlos wieder seiner Schwester zu und läßt sich von ihr trösten. Natürlich weiß M. nicht, was in seiner Abwesenheit geschieht, ob Mutter und Tochter aneinandergeraten, ob der Junge sich manchmal einfach wegzaubert, ob die drei zusammen lachen oder weinen. Er bildet seine Hypothesen aufgrund der vorhandenen Informationen und nimmt sie mit hinauf zur Hochebene, um darüber nachzugrübeln, wenn er alle anderen Themen erschöpft hat.

Eines Abends, er trinkt gerade einen heißen Tee, entdeckt er eine Zeichnung, die an den Kühlschrank geklebt ist. Nicht irgendeine Zeichnung: ein Beuteltiger. Das Tier ist mit braunem Filzstift gezeichnet und zeigt sich in Seitenansicht, mit einem einzigen spitzen Ohr und einem weit aufgerissenen Maul voller blauer Dreiecke oder Zähne. Der Körper ist nur ein Umriß, und die beiden dem Zuschauer zugewandten Beine bilden Teil dieser Umrißlinie, ebenso wie der aufgerichtete Schwanz, während die hinteren Beine wie ein Paar Zitzen am Tigerbauch baumeln. Über den Rücken des Tigers laufen dicke schwarze Streifen. Rechts von der in der Luft hängenden Kreatur ist ein in der Luft hängendes Feuer, ein rotes und orangefarbenes Gekritzel über einem Gewirr von schwarzen Stöcken: eine Höhlenzeichnung. In der rechten unteren Ecke der Zeichnung steht das Wort »James« mit verkehrtherum geschriebenem »s«.

»Das ist ein hübsches Bild, Bike«, sagt M. »Was ist das?«

»Tiger, Idiotenhirn«, antwortet Bike und malt die Gesichter in den Illustrierten seiner Mutter weiter bunt an.

»Ein Tiger? Tatsächlich? Was für ein Tiger denn? Ein Indischer Tiger?«

»Tasmanischer Tiger.«

»Aha, ein Tasmanischer Tiger.«

»Ja.«

»Und wieso hast du einen Tasmanischen Tiger gemalt und keinen Indischen?«

»Weil«, sagt Bike, »die Lehrerin uns das aufgegeben hat. Sie hat uns die Geschichte von dem Tiger erzählt und wie er seine Streifen gekriegt hat. Und dann hat sie gesagt, wir sollen ihn malen. Meiner war der beste. Echt.«

»Und seine Streifen – wie hat er die gekriegt?«

»Vom Feuer.«

»Ich bin ein Idiotenhirn, kannst du es mir erzählen?«

Bike rollt mit den Augen.

»Okay. Also es war einmal ein Geist, der hieß *palanna* oder so ähnlich, und ein Riesenkänguruh ist auf ihn draufgesprungen, und dann kam ein Tigerbaby vorbei und sagte, hab keine Angst, *palanna* oder so ähnlich, ich rette dich, und er hat das Känguruh in den

Hals gebissen und nicht mehr losgelassen, und das Känguruh ist rumgesprungen, aber das Tigerbaby hat immer noch nicht losgelassen, und dann ist das Känguruh tot umgefallen, und *palanna* ist nach Hause zu seinen Eltern gegangen, und dann haben sie ein Feuer gemacht, und *palanna* hat ein bißchen Blut von dem Kampf mit dem Känguruh genommen und seine Hand in das Feuer gesteckt und die graue Asche rausgeholt und alles zusammengemixt und die Streifen auf den Rücken von dem Tiger gemalt, damit er allen zeigen kann, wie tapfer er war. Okay? Kapiert?«

»Gute Geschichte«, sagt. M.

»Blöde Geschichte. Ich hasse die Schule.«

M. wartet einen Moment und sieht dem Jungen beim Ausmalen zu.

»Du weißt, daß es sie nicht gibt«, sagt er und trinkt seinen Tee.

»Was?« Bike hält den Kopf weiter gesenkt, vor lauter Konzentration hat er die Lippen gespitzt.

»Tasmanische Tiger.«

»Doch.«

»Nein.«

»Doch.«

»Ich glaube nicht.«

»Doch, wohl. Das weiß ich.«

»Woher weißt du das?«

»Weil ich es weiß, weil mein Dad einen gesehen hat.«

M. schweigt. Setzt noch mal an.

»Ich wette, in Wirklichkeit hat er ihn nicht gesehen.«

»Doch, hat er.« Und jetzt blickt Bike ärgerlich von seiner Arbeit hoch. »Er hat doch einen gesehen. Das war oben auf der Hochebene. Er hat ihn genau gesehen.«

»Wirklich?« M. spricht mit betont leiser, einschmei-
chelnder Stimme.

»Letzten Sommer. Das ist ein großes Geheimnis. Erzählen Sie es niemand.« Er malt weiter. »Mein Dad hat
ihn gesehen.«

»Hast du das deiner Lehrerin erzählt?«

Jetzt blickt Bike wieder hoch. »Das ist streng ge-
heim.«

Vor seinem neuerlichen Aufbruch entdeckt M. die
Mutter allein im Hühnergehege. Als sie ihn aus dem
Haus kommen sieht, lächelt sie, und das stimmt ihn zu-
versichtlich. Es ist jene großherzige Art von Lächeln,
die ein ganzes Gesicht ausfüllt.

»Guten Morgen«, sagt sie.

»Guten Morgen.«

»Geht es wieder los?«

»In diesem Augenblick.«

»Zurück in zwölf Tagen, um sechs?«

»Zurück in zwölf Tagen.«

Sie klemmt den Eierkorb unter einen Arm und lehnt
sich mit dem anderen gegen den hölzernen Torpfosten.

»Ich habe über die nächste Woche nachgedacht«, beginnt sie, »oder eigentlich sind es ja fast zwei Wochen.
Da gibt es nämlich ein Festival. Haben Sie davon gehört? Ein Folk-Festival.«

Ihr Stimme klingt ein wenig scharf, hoch. Er wartet,
lächelt.

»Und wenn Sie Lust haben, könnten wir vielleicht
zusammen hingehen. Für ein paar Stunden, wenn Sie
Lust haben.«

»Klingt nicht schlecht.«

»O ja? Schön, schön. Danke. Oh, wie schön... Ich sollte nämlich ein bißchen mehr unter Leute gehen.«

Ganz Gentleman, wechselt er das Thema.

»Übrigens«, sagt er, »mir gefällt Bikes Bild am Kühlschrank.«

»Ach, das.« Sie blickt weg, nur ganz kurz.

»Ein Tasmanischer Tiger, nicht?«

»Das behauptet er jedenfalls.«

Sie hält den Korb so fest umklammert, daß ihre Knöchel ganz weiß sind.

»Sie sind überall«, witzelt er.

Sie lächelt, aber diesmal ist es ein totgeborenes Lächeln. Jetzt hat er genug gesehen.

»Also gut, ich muß los, bis später.«

»Okay, gut, bis später. Und Vorsicht!«

Vorsicht – sie sagt es so, als meine sie es.

*

Vielleicht hat er es auch schon vorher gespürt, aber spätestens, als sich die Hochebene jetzt ein weiteres Mal vor ihm ausbreitet, merkt er: Die Zeichnung des Jungen hat ihn getröstet. Ja, getröstet. Heute ist er der Spion, der, nach monatelangem Nichtstun in einer schwülen Hafenstadt voll manischer Spieler und schwitzender, korrupter Beamter, allmählich den Eindruck gewinnt, daß er im Stich gelassen worden ist (oh, er kennt diese Sorte Städte nur zu gut). Und der beim Lesen der Morgenzeitung unerwartet auf eine verschlüsselte Nachricht stößt und begreift, daß er doch nicht allein ist. Er übertreibt, das gibt er zu –, aber warum auch nicht? Schließlich ist nur er es, den er betrügt, dem er Mut macht. Wer wäre denn sonst noch da? Die Hochebene zeigt jedenfalls keine Regung. Wenn man das, was er tut, nach einem Strohhalm greifen nennt, dann ist dieser Strohhalm heute fest mit seinem höheren, besseren Selbst verknüpft, das nur ganz selten zum Vorschein kommt. Und während er sich durch die gelben Silberbüsche schlängelt, denkt er: Vielleicht ist es ja das, was man unter wahrem Glück versteht... Aber er wagt nicht, zu lange über diese Dinge nachzugrübeln, und freut sich statt dessen an seinem behenden Schritt und seinen sorglos schwingenden Armen.

Und zu seiner Überraschung hält dieses tröstliche Gefühl den ganzen Tag an: Es überdauert ein Ausrutschen im Bach, das ihm eine maulbeerblaue Prellung am Schienbein beschert; überdauert einen leichten Imbiß aus Käse und Energieriegeln; überdauert zahllose Schlammpfützen ohne Tigerspuren. Es überdauert sogar die Entdeckung, daß eine Falle verschwunden ist. Die fehlende Falle irritiert ihn allerdings doch etwas. Er ist sich zwar nicht sicher, hält es aber für sehr wahrscheinlich, daß ein wütender Teufel mit überirdischen Kräften den Sicherungsbolzen aus der Erde gerissen hat. Diese Teufel sind wilde, grunzende, schnaubende Dinger und geben nie kampflos auf. Nicht wie der Tiger. Wenn Tiger in eine Falle geraten, geben sie sich geschlagen. Einige Fallensteller haben berichtet, daß sie am Schock starben. Empfindsamere Seelen bevorzugten die altüberlieferte, tröstlichere Vorstellung, daß Tiger selbst bestimmen, wann sie sterben, und der Fallensteller nur das ausführende Instrument ist. Wieder andere, die ganz Edlen unter ihnen, glaubten, der Tiger sei ein so edles Geschöpf, daß er sich weigere, eine entehrende Gefangenschaft zu erleiden. Solche Männer waren dann auch 1936, als der Johnson-Junge einen Tiger von der Hochebene herunterbrachte und ihn in der Farm seines Vaters ankettete, nicht im mindesten überrascht, daß der Tiger nachts über den Zaun gesprungen war und sich dabei selbst erhängt hatte. M. hat keinen Favoriten unter diesen phantastischen Theorien. Er läßt die Dinge am liebsten auf sich zukommen.

Bei Anbruch der Dunkelheit hat sich jenes seltsame, aber willkommene Gefühl immer noch nicht verflüchtigt. Oben auf einem steilen Hügelkamm läßt er seinen Rucksack fallen und setzt sich mit seinem Gewehr auf einen vorspringenden Felsen. Von dort aus kann er ein mit Knopfgras bewachsenes Gelände überblicken. Im schwindenden Licht erröten die Wolken bedrohlich und verblassen dann. Eine scharfschnäblige Currawong-Krähe ruft nach einem Gefährten. M. sitzt da und wacht. Er hört das Tapp-Tapp eines Wallabys, das hinter ihm vorbeiläuft, aber er schaut sich nicht um. Er läßt ein winziges Krabbeltier über seinen Riesenstiefel klettern. Eine leichte Brise weht den Duft von Zitronen-Boronia herüber. M. wacht immer noch. Es wird dunkel, zahllose Sterne haben ihren Auftritt. Er sitzt da und spürt, wie sein Körper leicht wird, wie er sich auflöst, so daß jetzt zwischen ihm und der Hochebene keine Haut mehr ist. Er dehnt sich aus. Die Erde unter ihm ist gewaltig und reicht tief, und M. sitzt sicher obendrauf. Aber bald gibt es kein Oben mehr: M. ist nirgends, überall. Wenn er atmet, spürt er, wie die Luft kühl durch seine feuchten Nasenlöcher strömt, sein Bauch schwillt an, dann strömt dieselbe Luft, nur ein bißchen wärmer, wieder heraus. Darauf konzentriert er sich jetzt, auf die einströmende und ausströmende Luft, und bald ist er nur noch etwas, durch das die Luft hindurchgeht, so wie sie durch die zitternden Baumwipfel unter ihm fährt, über die Steine weht, zwischen den Gräsern hindurchschlüpft. Die schwarze Nacht wird kalt, und er wacht immer noch.

Am Morgen liegt er in seinem Schlafsack und horcht auf den Regen, der gegen sein Zelt prasselt. Das tröstliche Gefühl hat sich zwar geändert, ihn aber nicht verlassen. Er zieht sich an, ißt und bricht das Lager ab. Tagsüber geht er seine Strecken ab und legt neue Schlingen aus. Der Regen wird feiner, hört auf, die Wolken zerstreuen sich, treiben fort. Er schneidet Kadaver aus seinen Fallen und zieht sie über den Weg, damit sie ihren Geruch hinterlassen. Wieder färbt sich der Himmel rosa und malvenfarben, und wieder bereitet er sich auf eine Nachtwache vor.

Am Morgen des zwölften Tages, er ist bereits auf dem Rückweg, findet er ein totes Wallaby mit aufgeschlitzter blutiger Kehle. Bei näherer Untersuchung stellt er fest, daß Herz, Lunge, Nieren und Leber ebenso fehlen wie etwas Fleisch vom Oberschenkel. Alles andere ist unberührt. Es gibt nicht die üblichen untrüglichen Zeichen eines Kampfes. Und als der Naturforscher seine feuchte Hand zart auf das Tier legt, spürt er noch ganz schwach etwas Wärme. Ein frisch erlegtes Tier mit allen Merkmalen eines Tigerrisses. Er lehnt es ab sich aufzuregen, denkt nur: Dieser Regen hat vermutlich sämtliche Spuren verwischt. Als erstes verzeichnet er den Standort deutlich in seiner Karte. Dann sucht er die Umgebung ab. Er folgt einem Pfad in

der Nähe, bleibt stehen, als er in einen Bach mündet.
Nichts. Er kehrt zu dem gerissenen Wallaby zurück
und nimmt einen anderen Weg. Dieser Weg klettert einen kleinen, mit Schnee-Eukalyptus bewachsenen
Hang hinauf, führt auf der Rückseite sofort wieder hinunter und dann an einem sumpfigen Gelände mit
Schnurbinsen entlang. Er folgt dieser Route schon seit
einer Stunde und hält dabei ständig Ausschau nach
möglichen Rastplätzen, als er unter zwei sich überlagernden Doleritfelsplatten auf eine trockene Stelle mit
niedergedrücktem Buschgras stößt. Er preßt die Hand
auf das Gras, um zu fühlen, ob es warm ist, und glaubt
noch einen Hauch zu spüren. Alle möglichen Tiere hätten hier halten und Schutz vor dem Regen suchen können, das ist richtig, aber M. holt seine Karte heraus und
markiert die Stelle mit einem winzigen Kreis.

Jetzt hab ich dich.

Ein Blick auf die Uhr sagt ihm, daß er sich beeilen
muß, wenn er noch vor Anbruch der Dunkelheit zurück sein will: Es darf kein Alarm ausgelöst werden.
Deshalb kehrt er den Doleritfelsen den Rücken, macht
eine Peilung und bricht auf in eine neue Welt, elektri-
siert und mit kochendem Blut.

*

Sie freut sich über seine Rückkehr. Beim Geräusch seines Wagens ist sie aus dem Haus gekommen und erwartet ihn jetzt auf dem Rasen. Die eine Hand hat sie tief in
ihrer Rocktasche vergraben, mit der anderen winkt sie
ihm – zaghaft, wie es scheint – einen Gruß zu. Sie lächelt
jenes breite Lächeln. Als Antwort bringt er ein kleines

Fingerschnippen zustande und denkt: Was ist das? Ein Empfangskomitee? Später beim Abendessen merkt er, daß etwas an der Frau anders ist, und dann fällt es ihm auf – ihr Haar. Sie hat ihr Haar leicht rötlich getönt und gewaschen. Vielleicht ist es sogar eine Idee kürzer als vorher.

»Haare geschnitten?« fragt er.

»Ach die, die habe ich mir gestern machen lassen.«

»Sieht gut aus.«

»Danke.«

»Wo sind die Kinder?«

Sie bringt einen Steinguttopf aus der Küche, der in ein Geschirrtuch gewickelt ist.

»Sie haben schon gegessen«, sagt sie, lächelt, setzt sich, seufzt, nimmt den Deckel vom Topf und atmet tief ein. »Linsen-Kasserolle.«

Auch einen grünen Salat hat sie gemacht. Ein Häufchen Oliven liegt in einer blattförmigen grünen Keramikschale.

»Ein Glas Wein?« schlägt sie vor.

»Ein Tröpfchen.«

Er ißt schnell und überläßt ihr die ganze Unterhaltung oder zumindest fast. Er erfährt eine Menge, mehr, als er wissen will: Sie ist ein Steinbock; sie hat Jura studiert, aber in ihrem letzten Jahr abgebrochen; sie hat pausiert, fast drei Jahre lang, um durch Indien und Nepal zu reisen. An diesem Abend plaudert sie gern.

»Mein Vater«, sagt sie, »hat sich gefreut, als er erfuhr, daß ich nach Tasmanien ziehe. ›Sicher vor Radioaktivität‹, sagte er – er dachte, am anderen Ende der Welt seien wir sicher...«

Sie hält inne, und M. erkennt, daß sie ihren verschollenen Ehemann nicht vergessen kann, und er erkennt auch, daß sie weiß, daß er es gemerkt hat. Jetzt ist er verlegen – was soll er sagen?

»Es tut mir leid«, sagt M., »das mit Ihrem Mann.« Ob das reicht?

Sie zögert. »Schon gut«, antwortet sie, »es ist gut ... nein, wirklich, es ist okay.« Sie lügt, das weiß er. Aber was sollte sie auch sonst antworten? Daß es nie mehr gut, nie mehr schön sein wird? Daß sie jeden Tag an das denken muß, was sie verloren hat, was nicht deshalb verstörend ist, weil sie um ihre verlorene Liebe trauert, sondern weil sie nicht mehr weiß, was wichtiger ist – ihre Erinnerung an die Vergangenheit oder ihr Leben in der Gegenwart. Der Unterschied zwischen beidem ist hauchdünn.

Sie geht ins Bad. Während sie fort ist, stellt er sich vor, wie es wäre, wenn er mit ihr vögelte, was für eine Möse sie hat. Er stellt sich vor, wie sie wohl aussähe, wenn sie ihren BH öffnete. Genug! Er könnte es tun. Er könnte ein paar Gläser trinken und sie soweit bringen, aber das wird er nicht. Er kann der warmen Wallung widerstehen, zumindest – und das macht es ihm schmackhafter –, solange sein Job dauert. Er kaut an seinem Essen: Ich bin ein Profi, ich habe Geduld. Geduld ist eine Tugend. Diese Selbsthypnose hilft, und als sie schließlich wiederkommt, hat er seine lüsternen Phantasien beinahe (beinahe, aber nicht ganz) vergessen. Sie beenden rasch die Mahlzeit, der Unterhaltungsversuch der Frau ist versickert. Sobald M. fertig ist, entschuldigt er sich.

»Gute Nacht«, sagt er.

Sie sitzt da im flackernden Kerzenlicht. »Gute Nacht.«

Als er in jener Nacht im Bett liegt, hat er eine Erektion, und zwei schnelle Minuten später ist sie erledigt.

Beim Frühstück am nächsten Morgen trägt Sass den silber- und purpurfarbenen Anzug, in dem er sie kennengelernt hat, und Bike hat sein glitzerndes silbernes Cape an. Heute sind sie zappeliger als gewöhnlich, als wäre alles, was sie berühren – Stühle, Besteck, Tischplatte – zu heiß oder mit unangenehmen Metallbuckeln versehen.

»Wann gehen wir endlich? Wann gehen wir endlich?« bettelt Bike.

»Ihr zwei habt Hummeln im Hintern«, sagt Lucy. »Wenn ihr eure Eier gegessen und eure Hände gewaschen habt und ich mich zurechtgemacht habe.«

Sie wendet sich an M.

»Das Folk-Festival beginnt heute. Wollen Sie immer noch mit?«

»Jabba, jabba«, sagt Bike.

Durch das Fenster fällt goldenes Morgenlicht auf ihre Schultern, ihr feines, rotes Haar.

»Heute leider nicht. Ich muß noch eine Menge Schreibarbeit erledigen.« Er schneidet ein Stück von seinem gebratenen Ei ab und schiebt es zu dem gebutterten Toast. »Morgen gehe ich wieder hoch.«

»Ach so. Seid nicht traurig, Kinder ... Dann eben ein andermal.«

»Wann?« fragt Sass bestimmt.

Die Mutter trinkt einen Schluck Tee.

Er ist in seinem Zimmer, studiert seine fotogra-

fischen Karten und kontrolliert seine Ausrüstung, als er
Lucy in der Küche rufen hört: »Jamie! Katie! Es geht
los!«

Sie ruft durch die Hintertür: »Es geht los! Kinder! Es
geht los!«

Keine Reaktion. Merkwürdig, denkt er und setzt die
Inspektion seines Gewehrs fort.

Vorne vorm Haus hört er sie rufen: »Jamiiie! Ka-
tiiie!«

Es klopft an seine Tür, er schiebt das Gewehr unter
einen Kleiderhaufen und sagt: »Herein.«

Sie steckt ihren Kopf in die Tür. »Entschuldigen Sie
die Störung, aber haben Sie die kleinen Monster gesehen?«

»Seit dem Frühstück nicht mehr.«

»Danke.«

Er hört das anhaltende *Tuuut Tuuut* einer Autohupe.

Eine halbe Stunde später klopft die Frau wieder an
seine Tür. Er sieht, daß alle Farbe aus ihrem Gesicht ge-
wichen ist.

»Tut mir leid«, sagt sie, »es geht um die Kinder. Ob
Sie es vielleicht mal versuchen...«

Was soll er sagen? »Gern.«

»Sass! Bike! Eure Mutter ist soweit!«

»Das Spiel ist zu Ende, Kinder! Wir wollen los!
Katie! Jamie! Jetzt sofort!... Sofort! Hört ihr!«

Kein Glück. Ihr Atem geht schneller, sie fährt sich
mit der Hand durchs Haar. Sie ist verwandelt, ein Tier,
das im Wind den Jäger gerochen hat. Er kann nichts
tun.

»Wir finden sie«, sagt er und lächelt.

Aber die Frau blickt ihn voller Entsetzen an. Sie

blickt ihn an, und er kann sehen, was sie nicht äußern muß: Du lügst, du lügst, sie sind verschwunden, alle lügen dauernd. Sie schließt die Augen eine ganze Weile, dort draußen im sonnigen Hof bei den drei Autowracks. Er entdeckt, daß das Kreuzkraut sich in einem der Wagen durch die rostigen Löcher im Boden gearbeitet hat: Der Wagen blüht. Dann beginnt die Frau zu weinen, doch ihre Tränen fließen nicht ungehemmt, sondern sie stößt häßliche röchelnde Laute aus. So ähnlich müßte es klingen, wenn sie erdrosselt würde. Sie vergräbt ihr Gesicht in den Händen. Beide gehen zurück ins Haus, er hat ihr die Hand auf die warme Stelle im Kreuz gelegt. Dann hört er es – ja, er hört es ganz eindeutig –, es kommt aus ihrem Schlafzimmer, ein ersticktes Kichern, ein hohes Quieken.

Mit Lucy im Schlepptau geht er zum Schlafzimmer, stößt die Tür weit auf und ruft: »Gefunden!« Plötzlich wird der Berg aus Wolldecken und Federbetten lebendig und explodiert. Verschwitzt, mit roten Köpfen und zerzaustem Haar kriechen die Kinder heraus. Beide können sich kaum halten vor Lachen. Oh! Was für eine Erleichterung! So heiß und stickig da drin!

Die Frau geht zu ihnen und gibt Sass eine Ohrfeige. Dann packt sie ihre beiden Kinder, zieht sie an ihre Brust und drückt sie fest an sich. Er sieht, daß Sass den Tränen nahe ist.

»O Gott«, stöhnt die Frau, »macht das nicht noch mal. Nie mehr. Solche Angst, ich hatte solche... Angst.« Sie schaukelt die Kinder hin und her. Bike ist durcheinander und beginnt zu weinen. Sass weint nicht. Sie hat ihr Gesicht halb an die Brust der Mutter gedrückt, und mit ihrem glänzenden anderen Auge starrt sie M. trotz ihrer Verzweiflung herausfordernd an: Und du, was glaubst du, was du da siehst? Er geht weg.

Die Mutter sagt den Ausflug ab und zieht sich in ihr Bett zurück. Die Abendessenszeit kommt und geht ohne die übliche Zeremonie. Die Kinder bleiben in ihrem Zimmer. Er macht sich selber etwas zu essen. Die Frau sucht immer noch Tabletten-Erlösung in ihrem weichen, warmen Bett. Und als er am nächsten Tag in rosiger Morgenfrühe aufbricht, rühren sich weder die Kinder noch sie.

*

Er weiß genau, wohin. Die Stelle mit dem getöteten Wallaby und die mit dem plattgedrückten Gras geben die Richtung vor. Und obwohl er nur zwei Fixpunkte hat, womöglich nur einen, ist er so sicher wie ein Mathematiker, der eine gerade Linie zieht. Doch zuerst muß er seine Fallen einsammeln, die in einem Gelände aufgestellt sind, das jetzt nicht mehr in Betracht kommt: Nach seinen Erkenntnissen ist es unwahrscheinlich, daß der Tiger dort umherstreift. Sie können im Zielgebiet aufgestellt werden, sagt er sich, und jede Falle hilft.

Schon bald kniet er wieder zwischen den sich überlagernden Doleritplatten und fährt mit seinen Händen behutsam durch Gras und Dreck.

Nun komm und laß dich hier nieder, denkt er. Komm und laß dich hier nieder.

Er geht weiter, wandert durch die kühlen, dunklen Alleen eines Bleistiftkiefernwalds und spürt den wei-

chen, duftenden Nadelteppich unter seinen Füßen.
Hier drinnen, denkt er, könnte man schlafen. Er stellt
vier Fallen in einer Reihe auf, und weil die Bäume sogar
für sein Naturmensch-Auge alle gleich aussehen, markiert er einige Äste in der Nähe. Als der Wald aufhört,
folgt er einem Pfad, der rasch durch das Buschgras eilt,
bis er eine weiße, sandige Bucht erreicht und in einem
See verschwindet. Der See ist mit dunklen Kiefern gesäumt, und über die Bäume ragt schmal und schroff ein
Doleritkamm, eine riesige, halbkreisförmige Wand.
Der Wind hat das Wasser zu kleinen Wellen mit weißen
Schaumkronen aufgerührt. Auch der Himmel wird
weiß. Heute nacht wird es kalt werden.

Am Wegrand entdeckt er ein Schneemaßliebchen.
Eine einzelne kleine Blume – als hätte jemand sie unterwegs fallen lassen. Die Blume erinnert ihn an Frauen,
Frauen im allgemeinen, weil Frauen und Blumen aus irgendeinem – wie er jetzt feststellt, wirklich unerfind-
lichen – Grund dasselbe sind. Und während er so in
tröstlicher Gewißheit dahinwandert und in Gedanken
mit Blumen und Frauen beschäftigt ist, regt sich ein Gefühl in ihm, das er lange nicht mehr gehabt hat: Er wird
romantisch. Ja, er romantisiert seine Beute. Das irritiert
ihn ein wenig, denn im Grunde seines Herzens weiß er,
daß er nur auf der Jagd ist. Aber um sich die Zeit zu vertreiben, läßt er seinen Gedanken freien Lauf. Und da
sind sie wieder, die frühen Tage, jene wenigen ersten,
rauschhaften Tage voller Romantik: Er hat das Mädchen da schon ins Bett gekriegt, hat ihr ins Ohr geflüstert, ihr Rosen geschickt, hat geflüstert, ihr Mund sei
eine Rose, sie sei mit Rosen gefüllt, Rosen unter ihrer
Haut, eine Rose zwischen ihren Beinen bla bla (hier

kitzelt er sie, während er flüstert). Er hat ihr seine Eifersucht gestanden, gesehen, wie sie schwach wurde, wie sie schwach wurde, ohne sich ihm ganz hinzugeben. Und das ist es, worauf er aus ist: Er möchte sehen, wie sie sich ergibt. Er möchte dabei sein, wenn sie auf Zehenspitzen die Linie übertritt. Doch nein, genug. Er befiehlt sich aufzuhören. Diese Sehnsucht nach Verführung ist selbst verführerisch. Und sie ist irreführend. Das Tier ist keine Frau. Er wird es nicht mit süßen Worten, Wein und Rosen erobern. Sieh dich doch um, hier gibt es keine Rosen.

Die Nacht ist kalt, die kälteste bisher. M. ist versucht, ein Feuer zu machen, widersteht aber: Ein Feuer ist meilenweit zu riechen. Er kaut Dörrfleisch und läßt den Blick über kleine, lackschwarze Bergseen schweifen. Seine Mütze hat er tief ins Gesicht gezogen und die Polartechjacke bis obenhin geschlossen. Von seiner Lagerstelle aus kann er die Oberkante der Doleritwand sehen, die schwarz vor dem dunklen, sternlosen Himmel steht. Er wacht bis zur festgelegten Stunde und legt sich dann schlafen. Während er im Zelt auf dem harten Boden liegt, vollführt er seinen Lieblingstrick: Er wechselt die Gestalt, verschluckt das Tier. Die Augen in seinem Kopf gehören nicht mehr ihm, kurzes, dichtes Fell bedeckt seinen Nacken, und seine Wirbelsäule wird breit und stark, wächst aus seinem Rücken heraus, endet in einem langen, steifen Schwanz. Er hängt seinen Körper an diese starke Wirbelsäule, höhlt seinen Bauch aus, läßt seine schlaksigen Glieder schrumpfen. Sein Arm ist am Ellbogen geknickt, und eine Pfote, keine Hand, ruht auf seiner knochigen, konvexen Brust. Er schläft und hofft, daß er träumen wird.

Der Morgen ist kalt und rauh, und M. ist wieder er selber. Nachdem er seine Karten zu Rate gezogen hat, wandert er in Richtung Nordosten. Er ist noch gar nicht lange unterwegs, noch keine drei Stunden, als er von einem kleinen Felsabsatz springt, sich dabei dreht und – was? – einen Stock – erwischt, der unter seine Mütze fährt und direkt neben dem Auge landet. Verdammt! Verdammter Mist. Er blinzelt erschrocken, das Auge beginnt zu schmerzen. Er lädt seinen Rucksack ab, spült das Auge in klarem kalten Wasser und stellt erleichtert fest, daß es nicht blutet. Es hätte schlimmer kommen können, denkt er. Gegen Mittag ist das Auge aber so geschwollen, daß er es nur mit Mühe offenhalten kann. Er sieht sich nach Augentrost um, einem kleinen blühenden Kraut, das er vorher schon mehrmals gesehen hat und das, wie er weiß, gut für Augenspülungen ist. Es ist nicht zu finden. Die Haut unter den Augenbrauen ist so stark angeschwollen, daß sie die Wimpern berührt. Er verbietet sich, hinzufassen, und beschließt, den Tag heute abzukürzen und nur so lange zu wandern, bis er den nächsten geeigneten Aussichtspunkt findet. Dort wird er dann sein Lager aufschlagen. Das geschwollene Auge macht ihn unsicher: Er achtet auf jeden Schritt.

Und fast als hätte das Schicksal Mitleid mit ihm oder als wollte es ihn ermuntern und in seinem Tun bestätigen, entdeckt er ausgerechnet an diesem Tag, daß der Tiger ihm eine Spur hinterlassen hat: der Tiger oder vielmehr die Hochebene. Ist das wahr? Kann es möglich sein? Halt an, sieh genau hin. Da ist etwas, an einer schlammigen Stelle, einer von Tausenden solcher schlammiger Stellen, die er schon untersucht hat, ja,

eine Wallaby-Fährte und etwas, das wie die Vorderpfote eines Beuteltigers aussieht. Der Abdruck ist etwa
fünf Zentimeter breit, was bedeutet, daß er nur von einem Hund, einem Wombat oder einem Tiger stammen
kann. Und von einem Wombat stammt er nicht, weil
der Ballen der Tatze nicht groß genug ist und es nur vier
Zeheneindrücke gibt, nicht fünf. Die Spur könnte von
einem wilden Hund stammen, aber die Ballenoberfläche
weist wiederum auf einen Tiger. Und außerdem –
und das hält M. für den entscheidenden Faktor – ist sowohl der Abstand zwischen Kralle und Zehe als auch
der zwischen Zehe und Hauptballen klein. Bei einem
Hund gäbe es, wie er weiß, einen unverkennbaren breiten Zwischenraum zwischen Zehe und Hauptballen.
Was soll er glauben? Der Tiger – warum nicht? Er blickt
sich nach einem weiteren Abdruck um, an dem er den
Gang des Tiers ablesen und damit seine Größe ein-
schätzen könnte. Und er hat Glück, denn am anderen
Ende der schlammigen Stelle, etwa fünfundachtzig
Zentimeter von der Wombatfährte entfernt, ist noch ein
Abdruck. Und nachdem er ihn in Augenschein genommen hat, entscheidet M., daß das Tier – ja, genau wie es
in der Akte steht – voll ausgewachsen ist. Nach einer
gründlichen Untersuchung bestätigt sich seine erste
Hypothese: Ja, sein Tier, die Tigerin, ist hier gewesen.
M. setzt sich eine Weile auf seinen Rucksack und läßt
sein gesundes Auge über die Umgebung schweifen.
Und, denkt er, was hast du hier getrieben, meine Tigerin? Bestimmt bist du nur durchgezogen, denn hier gibt
es nichts, wofür es sich anzuhalten lohnt, aber mit welchem Ziel? So wie es aussieht, zurück zum See, aber auf
welchem Weg? Nicht auf dem, den ich gekommen bin.

Vielleicht existiert ein geheimer Weg, einer nur für Eingeweihte. Wieder spürt er, wie seine Wirbelsäule kräftiger wird, und einen Moment lang stellt er sich vor, daß sein Auge unter der Schwellung jetzt schmal und gelb und tief eingesunken ist.

M. wendet sich wieder der Tigersuche zu. Es muß ein seltsames Tier sein, da es sorgfältig den Pfad gemieden, ihn nur überquert hat, wenn es nicht anders ging. Nach dem, was M. sieht, ist er noch nicht einmal sicher, daß der Tiger eine bestimmte Richtung eingeschlagen hat. Hier taucht er plötzlich auf, und dort, wo M. ihn erwartet hätte, ist er verschwunden. Ob er wohl eine Karte im Kopf hat? Vielleicht, denkt M., vielleicht haben ihn die einsamen Jahre verbittert, seinen Geruchssinn ruiniert, so daß er nun wie besessen durch den Busch wandert, von einem Geruch in diese, vom nächsten in eine andere Richtung getrieben.

Nicht lange, und der See mit seinem Kranz aus dunklen Kiefern kommt in Sicht. M. passiert ein sumpfiges Gelände, das er in der vergangenen Nacht mit dem Zielfernrohr seines Gewehrs abgegrast hat. Er untersucht einen frisch aufgeworfenen kleinen Erdhaufen und überlegt, wonach das Tier gegraben haben könnte. An einer Stelle macht die Fährte einen scharfen Schwenk nach rechts, einen anscheinend unsinnigen Schwenk. Und erst als er auf frischen Wallaby-Kot stößt, begreift er. Dann verliert er die Spur, er verliert sie. Der Tiger hat festen Boden erreicht, eine Geröllhalde, und M. hat den Tiger verloren. Er versucht ihm trotzdem auf den Fersen zu bleiben und geht davon aus, daß sein Ziel die Rückseite der Doleritwand ist, hinter der ein langer, schmaler Korridor mit Knopfgras liegt: Jagdgelände.

Während M. im Zickzack durch die Geröllhalde steigt, beginnt es zu regnen. Zuerst nur leicht, dann aber etwas kräftiger. Seine Stiefel rutschen auf den Steinen aus, und er kommt mit seiner Einäugigkeit nur langsam voran, prüft jeden Stein mit seinem Gewicht, bevor er fest auftritt. Sein schlimmes Auge brennt. Bald, tröstet er sich, werde ich anhalten und ausruhen.

Den ganzen Nachmittag über wandert er. Er macht einen Bogen um die Riesenwand, läßt sie hinter sich. Er stößt wieder auf den Tiger, glaubt es zumindest, aber da der Regen alle Spuren schnell verwischt, ist er sich nicht mehr so sicher. Er erreicht das Knopfgras zu Beginn der Dämmerung und findet rasch einen Lagerplatz. Nachts bleibt er auf und wacht. Der Regen hört auf, und die Wolken lichten sich. Durch sein Nachtsichtgerät werden die Sterne zu Mandalas aus brennend weißem Licht, und wenn er ausatmet, leuchtet die kalte Atemwolke. Als seine Wartezeit um ist, verschwindet er im Zelt, zieht die nassen Sachen aus und verkriecht sich in seinen Schlafsack. Wenn ich ihm noch auf der Spur wäre, denkt er, würde ich bestimmt nicht schlafen. Ich würde ihm durch die Nacht folgen.

Der nächste Morgen ist wieder kalt, und er zieht alles an, was er hat. Diese Kälte gefällt ihm nicht, es gefällt ihm nicht, daß er Thermohandschuhe tragen muß, damit er die Dinge um sich herum überhaupt anfassen kann. Wenn er wählen könnte, würde er nur in den Tropen arbeiten, und einen Moment lang spekuliert er, wohin sein nächster Job ihn wohl verschlagen wird... nach Indonesien, Hawaii, auf die Galapagos. Es ist so kalt, daß er sich nicht vorstellen kann, wie man sich fühlt, wenn man warm ist. Ihm fällt eine Geschichte ein, die er vor Jahren gehört hat und erst jetzt richtig begreift: Ein Kollege kannte einen alten Mann, einen Bildhauer, der in Wales lebte und so sehr zu einem Teil des Wetters geworden war, daß er plötzlich seinen Stuhl nahm, die warme Küche verließ, sich draußen ins Feld setzte und auf Schnee wartete. Man kann den Schnee in der Luft spüren – anscheinend.

Als er fertig mit Anziehen und Packen ist, steigt er hinunter zum Knopfgras, bereit für einen neuen Anfang. Wenn er Glück hat – doch was ist schon Glück? –, wird er die Fährte heute wieder aufnehmen. Falls nicht, wird er Schlingen auslegen, seine letzte Falle aufstellen und ein weiteres Mal auf die Dämmerung warten.

Mittag, und er hat kein Glück. Nachmittag, und der Graskorridor verliert sich. Seinen Karten zufolge, die der Wind ihm fast aus den Händen schlägt, weswegen er sie mit kleinen Steinen beschwert auf dem Boden ausbreiten muß, ist er in einer Art Sackgasse gelandet. Und falls er nicht den langen Weg durch das Grasland zurückgehen will, muß er eine sichelförmige Reihe von Hängen bewältigen, die so schroff sind, daß man sie durchaus auch als kleinere Steilwände bezeichnen könnte. Was soll er tun? Was soll er tun? Ob der Tiger oder vielmehr: seine Tigerin wohl bis hierher gekommen ist? Oder ist sie, von ihrem Phantomgefährten verleitet, schon früher abgebogen? M. braucht Zeit zum Nachdenken. Er ortet seine Routen auf der Karte. Wenn er über die Klippen steigt, wird er bei einigen Strecken herauskommen, die er vor etwa zehn Tagen bestückt hat. Oh, seine prächtigen Titanfallen ... Ha! Und in diesem Moment sieht er vor seinem inneren

Auge ganz deutlich einen Beuteltiger – den Kopf abgewandt, schwarze Streifen, kauernd über einer seiner Fallen: gefangen. Aus diesem Grund und fast ausschließlich aus diesem Grund beschließt M., weiterzugehen, weiter und immer weiter.

Er klettert. Die schwarz verfärbten Felsen sind naß und glitschig. Er balanciert auf einem Felsvorsprung entlang, klammert sich mit gekrümmten Fingern an Rissen im Gestein fest, zertritt alpine Farne. Dann passiert es, das Überraschende: Die Welt unter seinen Füßen kippt weg, und er stolpert, fällt, poltert den Hang hinunter, prallt mit rudernden Armen gegen Baumstämme. Die Zeit bleibt stehen, und während er fällt, denkt er, einigermaßen benommen: Ist es etwa soweit? Genau in dem Moment, wo um mich herum alles in Bewegung geraten ist? War's das jetzt also?

Irgendwo in weiter Ferne hört er einen Knall.

Dann springt die Zeit an, wird lebendig, und die Welt beginnt wieder zu existieren. Der Schmerz wird neu geboren, kein scharfer Schmerz, sondern ein dumpfer, wattiger Schmerz, der seinen Kopf ausfüllt und ihm das Denken schwermacht. Ich liege auf dem Boden, meine Backe ruht auf hartem, nassem Fels. Es regnet leise. Sieh nur, wie jeder Tropfen vom Felsen abprallt. Er denkt nicht daran, sich zu bewegen, den Kopf zu heben. Er ist fast glücklich dort, rührt sich nicht in all der Nässe. Er liegt auf dem Felsen und läßt den Regen fallen. Eine Riesenameise wandert an seinem Augapfel vorbei. Unter seiner Nase sammelt sich ein wenig Wasser, und er atmet durch ein hochgerecktes Nasenloch.

Wie lange er so daliegt, weiß er nicht, und es ist ihm auch gleich. Die Zeit läuft wieder, ja, aber auch sie geht langsam. Er läßt sein offenes Auge ausruhen. Er könnte hier für immer ruhen. Er fühlt, wie sein Bauch sich mit jedem langsamen Atemzug hebt und senkt. Heben und . . . senken . . . mit ihm hat das nichts zu tun. Er fühlt sich wohl, der Fels ist der weiche, warme Busen seiner Mutter, er kann sie riechen. Er liegt da und fühlt, wie sein Bauch sich hebt und senkt. Er läßt es regnen.

Der Regen hört auf. Es verändert sich. Etwas anderes fällt auf seine Wange und bleibt dort liegen. Nach einer Weile öffnet er sein Auge. Ist das Schnee? Ist dies hier Schnee?

Tatsächlich? Könnte sein. Sein Auge schließt sich. Sein Auge öffnet sich, und er glaubt den Tiger zu sehen. Er steht dort drüben im Schatten und beobachtet ihn, und dann sieht er, wie das Tier auf ihn zu schleicht, neugierig einen Schritt nach dem anderen macht, bis es so nahe ist, daß er den warmen Atem an seiner Wange spürt. Aber der Atem des Tigers ist süß, und er fährt ihm nicht an die Kehle, und in dem Moment begreift M., daß er wohl träumt oder halluziniert und daß irgend etwas Seltsames im Gange ist.

Jetzt hört M. die Stimme seiner Mutter, ihre freundliche Stimme: »Es ist Zeit zu gehen, Zeit zu gehen.« Sie stehen in der Küche, einer Küche mit Schachbrettfliesen, und er ist ein Junge und trägt sein blaugelbes Fußballtrikot. Seine Mutter hält schon den Wagenschlüssel und ihren Strohhut in der Hand. Er ißt gerade Schokoladenkekse und möchte nicht gehen. Heute hat er keine Lust auf Fußball. Aber seine Mutter hört nicht auf ihn und ist schon auf dem Weg nach draußen. Er möchte zu Hause bleiben, weiß aber, daß sie böse wird, wenn er nicht mit zum Auto kommt. Er sitzt mit einem Päck-

chen Kekse am Küchentisch und kann hören, wie seine
Mutter aus der Garage und die Einfahrt hoch fährt. Sie
wird ganz bestimmt böse, wenn er jetzt nicht geht.

M. blinzelt. Er liegt auf kaltem, hartem Fels, und er
hat Schmerzen am Kopf. Er versucht herauszufinden,
wo sein Körper weh tut. Nichts ist gebrochen. Was er
jetzt tun sollte, ist, sich bewegen. Er hievt einen Arm
hoch, um seinen Kopf zu betasten. Klebrig, Blut. Als er
die Hand vor sein Auge hält, sieht er Blut und Schnee.
Er sollte jetzt weitergehen. Taumelig versucht er hoch-
zukommen. Sein Rucksack zieht ihn nach unten. Erst
will er den Rucksack losmachen, doch nein, dann ent-
sinnt er sich (und er hat es nicht parat, er muß es sich
erst ins Gedächtnis rufen), daß er sich niemals von seinem Rucksack trennen darf. Er rollt sich auf den Bauch
und kommt mit einer gewaltigen Anstrengung auf alle
viere. Ein paar Minuten hält er benommen inne, dann
senkt er den Kopf und bewegt ihn langsam hin und her.
Er kriecht bis ans Ende des Felsens und späht über die
Kante. Der Graskorridor ist mittlerweile gescheckt und
liegt gar nicht so sehr tief unter ihm. Er schaut sich um.
Die neue Welt ist ohne Sonne, oder vielleicht hat die
Sonne sich so weit verdünnt, daß sie über den ganzen
Himmel verteilt ist. Das schwache Blau der Luft verkündet schon die Dämmerung, was bedeutet, daß er
sich beeilen sollte. Sollte, aber nicht kann. Er versucht
zu denken: nach oben oder nach unten oder bleiben, wo
ich bin? Nach unten, nach unten, wo er das Zelt aufbauen und sich den Schnee vom Leib halten kann. Sich
warm halten kann. Er kriecht über die Felskante,
schlingt seine Arme um einen dicken Eukalyptusast
und schwingt sich dann hinüber, um mit den Beinen

den Stamm zu umklammern. Während er fliegt, durchrast ihn ein Schmerz: Er erstarrt, klammert sich fest. Ganz, ganz langsam hangelt er sich am Stamm hinunter, und nach hundert Jahren erreicht er den Boden. Er stellt fest, daß er stehen kann, und bald darauf stellt er fest, daß er gehen kann.

Was er danach tut, wird nie etwas anderes als eine ungefähre Erinnerung sein: der Traum eines Betrunkenen. Er wird sich seinen Weg durch das Knopfgras bahnen, eine sanfte Anhöhe hochsteigen und sein Lager unter einem Doleritfelsvorsprung aufschlagen. Dort wird er seine Sachen trockenhalten können. Er wird sich von Schokolade ernähren. Er wird Stöcke sammeln und mit seinem Messer ihr trockenes Inneres freilegen. Mit seinem Feuerstein und etwas Watte wird er ein Feuer machen. Er wird ein bißchen Wasser auf dem Feuer erhitzen, etwas davon trinken und den Rest eine Weile abkühlen lassen, ehe er damit seine Kopfwunde reinigt. Er wird seinen Kopf mit einer elastischen Binde umwickeln. Er wird sich warmhalten. In seinen Schlafsack gehüllt wird er am Feuer sitzen, in die Flammen sehen, sich seinen Zeitplan aufsagen und wachbleiben. Alles, was jenseits seiner kleinen Höhle ist, wird unter einer feinen weißen Schneedecke verschwinden, und während er so dasitzt, jetzt stumm, wird er sich als jemanden begreifen, dessen Heimat sehr fern ist.

*

Der Tag bricht an, und M. fühlt sich sicher genug, um zu schlafen. Er kehrt der weißen Welt den Rücken und bedeckt sein Gesicht. Als er erwacht, tut ihm alles weh.

Sein Kopf ist immer noch nicht klar und die Schwellung am verletzten Auge noch nicht abgeklungen. Ein Blick auf die Uhr zeigt ihm, daß er etwa sechs Stunden geschlafen hat. Geschlafen wie ein Stein. Er rappelt sich hoch, kriecht aus seinem Zelt und blinzelt ins Licht. Die weiße Welt: So seltsam hat er sich bestimmt noch nie gefühlt. Sieh nur, ein weißer Horizont schwankt gegen einen eisengrauen Himmel. Horch.

Doch selbst in seinem maroden, angeschlagenen Zustand vergißt M. nicht, wo er ist und wieso er im Schnee sitzt. Unter ihm liegt der weiße Korridor, der zu der schneebedeckten Doleritwand führt, hinter der sich ein See befindet. Ja, der Schnee hat die Dinge verändert, selbst matschiger, schmelzender Schnee verändert die Dinge. Wie leicht es wäre, in der weißen Welt die Orientierung zu verlieren! Man blickt direkt auf einen markanten Punkt in der Landschaft und glaubt, ihn noch nie gesehen zu haben. Wie leicht, sein eigenes Haus, die eigene Hand nicht zu erkennen. Auf diese Weise verirren sich Schülergruppen und Rucksackwanderer: geblendet. Und wie er da in der beißenden Kälte kauert, erinnert er sich mit erschreckender Deutlichkeit an all die Male, wo er sich als Kind verirrt hatte. Manchmal hatte er sich nur fünf Meter von der Seite seiner Mutter entfernt und stand plötzlich ganz allein in einer glitzernden, wimmelnden Welt von Riesen. Niemand nahm sich seiner an, finstere Blicken trafen ihn, und mürrische alte Frauen bekundeten zähneknirschend ihre Mißbilligung. Hilfesuchend blickte er sich dann um, erspähte vielleicht eine Frau im blauen Kleid, folgte ihr den nächsten Gang entlang, die Rolltreppe hoch. Wenn er dann endlich seine Mutter in dem blauen Kleid eingeholt und sie am Kleid gepackt hatte, fuhr sie herum, starrte ihn an und war jetzt irgendeine wildfremde Frau mit orangefarbenem Lippenstift und einer Zigarette im Mund. Entweder zog sie ein finsteres Gesicht und machte sich los, oder sie beugte sich herunter und flötete mit einem gräßlichen Lächeln: »Was ist los, Herzchen? Hast du dich verirrt, Süßer?« Und er war nicht imstande zu sprechen und nickte mit dem Kopf, worauf die Frau in dem blauen Kleid seufzte, seine Hand nahm, ihn zu einer anderen Frau brachte, einer hundert Jahre alten Frau mit flusigem rosa Haar, die ihn in einen Raum zu den anderen verlorengegangenen Kindern steckte und ihm einen Lolli zum Lutschen schenkte. Keines der verirrten Kinder sagte etwas, der Raum hatte allen die Sprache verschlagen. Er hörte, wie sein Name in dem Gebäude ausgerufen wurde, dreimal hintereinander. Schließlich öffnete seine richtige Mutter die Tür, sah ganz erhitzt und müde aus, ließ sich auf die Knie nieder, packte ihn bei den Schultern und fragte, ob alles in Ordnung sei. Sie bedankte sich bei der alten Dame und zuckte die Schultern – »Das macht er dauernd.«

Manche behaupten, ein Blick in den Abgrund sei das Allerschlimmste. Hier in seiner kleinen Höhle weiß M. es besser: Ein Abgrund ist wenigstens durch hohe Wände begrenzt. Wenn man sich aber verirrt, ist der Alptraum grenzenlos. Er war erwachsenen Männern begegnet, die weinend zusammenbrachen, wenn sie sich verirrt hatten. Ein weinender Soldat ist ein trauriger Anblick. Der Verschollene, überlegt M. – ob es wohl schneite, als er verschwand? Hatte die weiße Welt ihn für sich reklamiert? War er ein Verdammter, der auf ewig umherirrte? Und wenn das so war, was für ein abscheuliches Verbrechen hätte eine solche Strafe verdient? Vielleicht hatte der Verschollene auch aufgegeben, sich ein neues Zuhause geschaffen. Und M. fragt sich, ob die Kinder wohl jemals nach Hilfe schicken würden, falls er, M., nicht zurückkehrte. Ihr Vater würde sich vielleicht über einen Gefährten freuen, einen Spielkameraden. Jetzt kann er das Mädchen hören: »Nein, ruf nicht an. Komm, wir lassen ihn da oben – er hat sowieso gesagt, daß es ihm da gefällt, er hat gesagt, er würde gerne dableiben, ehrlich.« Sie konnte sehr überzeugend sein, dieses kluge Mädchen... Und die schlafende Frau, was ging er sie an? Was wäre das für eine seltsame Rechnung, nach der ein Fremder überlebte und ihr Liebster verschwand? Es würde ihn nicht überraschen, wenn sie ihn opferte: Wer behauptet denn, daß man einem Ertrinkenden einen Strick zuwerfen muß? Ihm fällt jener Rechtsanwalt aus der Amsterdamer Seemannskneipe ein. Dieser Anwalt hatte einmal gesehen, wie eine Frau sich von einer Brücke stürzen wollte, und – so hatte er schlau erklärt – er habe sich nicht bemüßigt gefühlt, stehenzubleiben und zu helfen.

Das alles denkt M. Unterdessen füttert er sich und bewundert den strahlendweißen Korridor. Perfekt für Spuren. Stell dir vor: eine adrette Reihe von Spuren, die mitten auf dem Korridor entlanglaufen, eine Aufforderung zum Handeln. Aber nicht heute, nein, heute nicht. Heute wird er sich erholen. Er hat nicht die Kraft, durch den Schnee zu wandern: Außerdem müßte er, wenn er es doch täte, all seine Sinne beisammen haben – für Löcher, Fallen, verborgene Gefahren. Nein, den restlichen Nachmittag wird er in seiner Höhle verbringen. Schließlich, so mahnt er sich, ist er geduldig, und er kann warten.

Während zweier langer Tage rieselt ein feiner Schnee auf die weiße Welt. M. bleibt, wo er ist, kommt zu Kräften. Er schießt ein Wallaby und röstet es über einem Feuer. Am dritten Tag fordert die Sonne den Himmel wieder für sich, die Wolken lösen sich auf, und M. steigt hinunter in den Korridor. Sein eines Auge ist immer noch zugeschwollen, und so bewegt er sich bedachtsam, achtet mit seinem gesunden Auge auf jeden Schritt. Tagsüber wandert er, nachts schlägt er sein Lager auf. Er ist auf dem direkten Rückweg zum Steilhang und kommt gut voran. Nur wenn er auf einen Schneerest stößt, bleibt er stehen, um nach Spuren zu suchen. Eines Abends fällt ihm ein knapp über dem Erdboden gefällter Eukalyptusbaum auf. Neugierig gemacht durch diesen eklatanten menschlichen Eingriff, erkundet er rasch das umliegende Gelände. Richtig, eine Fallenstellerhütte. Eine eingestürzte Fallenstellerhütte, mit einem uralten Kessel, Bierflaschen aus Preßglas und einem Haufen handgeschmiedeter Nägel. Einst haben hier die tapferen, rauhen Männer ihre Winter verbracht – und sieh es dir jetzt an, vorbei. Erledigt. Er verbringt die Nacht in den dunklen Überresten der Hütte, macht den Kessel sauber und bringt ein Feuer in Gang. Er hört nächtliche Geräusche, und die Flammen werfen gespenstische nächtliche Schatten. Für einen Moment, nur für einen kurzen Moment, kehrt eine fast verschwundene Angst zurück, und er begreift, daß es die Angst des Gejagten ist. Um sich zu beruhigen, hält er das Zielfernrohr vor sein Auge und überwacht den Zugang zu seinem Unterschlupf. Nichts kann ihm etwas anhaben, jetzt ist er sicher.

*

Er kann seine Theorien über das unversöhnliche Mädchen und Dornröschen nicht überprüfen. M. ist ein Profi, er kehrt zum vereinbarten Zeitpunkt zur Basisstation zurück. Doch er ist ein angeschlagener Profi, ein Soldat, der sich nach einem Rückzug aus der vordersten Linie in den blutgetränkten, rattenverseuchten Schützengräben wiederfindet. Sein Auge macht ihm noch Kummer, und seine Kopfwunde ist nicht verheilt. Er ist ohne Beute zurückgekehrt. Und so zögert er. Er zögert, als er sieht, daß ein purpurroter Bus und ein schmutziger weißer Kombi vor dem kleinen Haus parken. Er zögert, als er sieht, daß auf der Koppel ein Tipi aufgebaut ist – eine zerfledderte Regenbogenflagge weht oben an dem Bambuspfahl – und daß ringsherum, verstreut wie Sporen, lauter Zelte stehen. Und er zögert, als die Haustür sich öffnet und ein braungebrannter Mann in einem grünen Samtkleid herauskommt und ihn begrüßt.

»Hallo.«

M. steigt aus dem Wagen, nickt.

»Na, alles in Ordnung? Sind Sie okay?«

»Okay. Langer Trip.«

»Haben die Sie erwischt?«

»Wer? Bin gestürzt.«

Der junge Mann in dem Kleid macht ein Gesicht, als glaube er ihm nicht.

»Wenn Sie's sagen.«

Ein Mädchen mit Rastalocken und einem Flicken-rock aus Rindsleder kreischt vom Tipi: »Frei!«

»Frei«, sagt der Kleidträger und hebt die Hand wie Häuptling Running Bull.

»Martin David«, sagt M.

»Om shalom.«

Aha.

Was nun? Was nun. M. trägt seinen Rucksack ins Haus. Sie haben Besuch. Im Wohnzimmer steht Sass, das Mädchen, auf den gebeugten Knien eines älteren Mädchens, einer Mädchenfrau von vielleicht gerade mal achtzehn Jahren, mit kurzgeschorenem Haar, gepiercter Wange und beseligtem Lächeln. Die beiden haben die Arme ineinander gehakt, und Sass beugt sich nach hinten, ihr Haar berührt den Boden. Als er das Zimmer betritt, das vom Kaminfeuer erhellt wird, richtet sie sich auf.

»O hallo. Hört mal alle her, das ist Martin David, von dem ich euch erzählt hab.«

Die Menschen im Raum, fünf sind es wohl, blicken auf und lächeln. Einige heben die Hand, als wollten sie sagen: »Tja, da sind wir nun alle ausgerechnet auf dieser Stelle des Planeten gelandet.«

»Was ist mit Ihrem Kopf passiert?« fragt Sass.

Das ist interessant: Sie spitzen die Ohren.

»Bin gestürzt. Nichts Schlimmes.«

»Und wieso ist Ihr Auge so komisch?«

»Hab einen Ast reingekriegt.«

»Wie gemein.«

»Wo ist deine Mutter?«

Sie beugt sich nach hinten und sagt über Kopf: »Wo wohl?«

Ja, die Mutter schläft. Er geht ins Badezimmer, untersucht seine Wunden, sein vereitertes Auge, duscht heiß und zieht sich um. Draußen sieht er die Sonne rot untergehen. Frei kommt über die Koppel und lädt ihn ein, mit allen im Tipi zu essen. »Wir haben Töpfe und Pfannen und können für zwanzig kochen.« M. fragt, ob er in seinem Zimmer essen kann. »Na klar, Mensch, klar.« Als die Nacht hereinbricht, leert sich das Haus, irgend jemand beginnt zu trommeln. Er sieht, daß sie einen Holzhaufen aufschichten, wandernde dunkle Gestalten tragen Scheite herbei. Ist das da das Mädchen, das den Bruder an der Hand hält? Er setzt sich drinnen an den Kamin, und nach einer Weile bringt ihm die Mädchenfrau mit dem geschorenen Haar einen vollbeladenen Teller.

»Das ist für Sie«, sagt sie lächelnd.

»Danke. Ich heiße Martin David.« Sie ist ein hübsches Mädchen, sehr hübsch, geschmeidig wie eine Katze.

»Shakti«, sagt sie.

»Und, wie lange bleiben Sie?«

Das ist eine Frage, die ihr nicht gefällt. Ihr Lächeln erstarrt. »Wer weiß. Das Festival ist vorbei, und wir folgen dem Regenbogen. Wir haben nämlich Ehrfurcht.«

Ehrfurcht?

Offensichtlich glaubt sie, daß es mehr nicht zu sagen gibt. »Om shalom.« Sie geht.

Obwohl er müde ist, hat er noch keine Lust, schlafen zu gehen. Draußen schlägt unablässig die Trommel, das Geräusch schwillt an und ab. Er stellt sich vor die Hintertür, blickt zur Koppel hinüber. Sie sind alle ums Feuer versammelt. Er kann zwei Silhouetten erkennen, die in einer Art Tanz ruckartig herumspringen. Vielleicht liegt es daran, daß er angeschlagen ist, oder vielleicht ist er auch leichtsinnig – was es auch sein mag, es ist ihm egal –, jedenfalls überquert er plötzlich die Einfahrt, steigt über einen weggeworfenen Blechkanister und geht bis zum Rand der Koppel. Während er sich der Gruppe nähert, präpariert er sich einmal mehr für eine Vorstellung, seine Spezialität (ich werde dauernd vorgestellt). Heute abend wird er, Martin David, Naturforscher, einer von ihnen sein.

Die Personen hinter dem Feuer sehen als erste, wie er sich seinen Weg durch das Kreuzkraut bahnt. Sie blicken auf, machen weiter. Da ist Frei, Rücken an Rücken mit dem Mädchen im Flickenrock. Um den Hals hat sie einen Sarong gebunden, und in dem Sarong kann M. den zarten Haarschopf eines schlafenden Babys ausmachen. Auch das Katzenmädchen ist da. Sass hat sich zwischen ihre Schenkel gekuschelt. Und Bike? Wo ist der Junge? Da ist er, stochert mit einem Stock in der Asche, ganz versunken in sein Tun.

M. bleibt außerhalb des Kreises stehen. Der Mensch vor ihm hat sein heimliches Kommen nicht gehört, aber offenbar gesehen, wie jemand gegenüber hochschaute. Er dreht sich um und macht etwas Platz. M. hockt sich vors Feuer und streckt seine Hände aus. Er lächelt Sass und dem Katzenmädchen zu, das Katzenmädchen lächelt zurück. Bike sagt: »Hallo.« Dies hier ist keine Runde, in der Namen genannt werden müssen. Das glühende Ende eines Joints hüpft von Hand zu Hand, und einer, halb Junge, halb Mann, mit einer schwarzen Tätowierung am Handgelenk, sagt: »Dieser Joint kreist wie ein Rennwagen in Zeitlupe.« Genau. Alle lachen darüber. Das Geplauder geht weiter, es gibt anscheinend ein Problem mit dem Bus, und irgend jemand wird in die Stadt fahren müssen, um ihn reparieren zu lassen. Wer geht. Wer hat Geld. Hier wimmelt es von rechten Dumpfbacken und Debilen. Geht bloß nicht in das Hotel – denkt daran, daß Johnny eins gegen die Rübe gekriegt hat. Und besorgt was zu essen, wenn ihr schon da seid. Ja, okay, wir gehen dann also. Echt? Ihr kriegt einen Orden. Haha. Und dann beginnt ein Mädchen zu singen, und jemand spielt Gitarre. Einige singen mit, einige hören zu. »From big things little things grow . . .« Ein großer Kessel mit Tschai wird ins Feuer gehängt. Leise schleicht ein Pärchen mit ineinandergeflochtenen Händen fort, verschwindet in einem Zelt. M. wird ein Joint gereicht, und weil er im Dienst ist, reicht er ihn weiter. Er sieht, wie Shakti Sass' kurzes Haar krault, sie krault es, während sie auf das hört, was der Typ neben ihr zu sagen hat. Es ist die Rede von einer Aktion draußen bei Tarkine, wo die Straße nach Nirgendwo gebaut wird. Ja, jemand kennt da draußen jemand, ja, das stimmt.

Unterdessen hat Bike sich an den tätowierten Jungen gehängt. Er fährt mit einem spitzen Stock durch die Rillen in den Stiefelsohlen seines neuen Freundes. »Es geht immer um Energie«, sagt Bikes Freund, »es geht immer um die Umwandlung von Energie. Alles wird doch immerzu umgewandelt. Jarrah Armstrong hatte recht: Energie und Materie, es geht immer nur darum. Kein Anfang und kein Ende . . .«

»Körper haben ein Ende, du verdammtes Genie«, sagt ein anderer.

»Staub zu Staub, mein feiner Freund, und Staub ist

Erde, und Erde ist wunderschön, und der Rest, das Eigentliche, das geht auch weiter.«

»Halleluja, Bruder. Toll. Ich bin unsterblich . . .«

»Leider . . . leider ist das wahr. Selbst du, du kümmerliches Pseudo-Wesen, selbst du wirst weiter existieren.«

»Prost.«

Haha. Die Unsterblichen lachen, blasen langsam den Rauch in die Luft.

M. sagt nichts. Wenn alles umgewandelt wird, was bedeutet dann aussterben? Er könnte fragen, aber heute möchte er seinen Mund nicht aufmachen, heute abend möchte er zuhören. Nicht einmal verstehen möchte er, nur zuhören, er möchte, daß die Stimmen und das Gelächter und die Musik ihn umschwirren. Einen Moment lang ist er versucht, die Hand der Frau zu nehmen, die neben ihm sitzt, doch der Moment geht vorüber. Das kleine Mädchen und ihr Bruder schlafen ein. Irgendwann beschließt er zu gehen. Und als er dann tatsächlich aufbricht, tut er es ohne Formalitäten. Der Mond ist voll und schwer, und er braucht keine Fackel, um den Weg zu finden. Als er in dem schmalen Bett liegt, kann er den Rauch in seinen Kleidern und seinen Haaren riechen. Schnell sinkt er in Schlaf.

Am Morgen überrascht er die sanfte Shakti auf dem Boden vor dem Bücherregal. Sie liest. Es gefällt ihm nicht, daß sie im Haus ist.

»Morgen.«

Sie hält das Buch hoch. »Jarrah Armstrong«, sagt sie. »Hören Sie sich das an . . . ›Muß man sich nicht, zu einer Zeit, da der Planet von Menschen überlaufen ist, berechtigterweise die Frage stellen, wessen Leben eher –‹«

»Danke«, sagt er. »Danke.«

Sie zuckt mit den Schultern, verstummt und liest still weiter. Er geht in die Küche. Wie lange dauert es noch, denkt er, bis sie sich wieder auf den Weg machen? Bitte, bitte, Mutter Erde, bitte, Regenbogengöttin, jede dieser beseligten Stunden dauert länger als die Ewigkeit.

*

Sein Auge wird besser. Und wieder schultert er seinen Rucksack, biegt von der Feuerschneise ab, kommt am gespaltenen Eukalyptus vorbei, steigt den schmalen Pfad hoch. Vor ihm tut sich die Welt auf. Als er sich über eine freiliegende Baumwurzel schwingt, betritt er nicht vertrauten Boden, obwohl es vertrauter Boden ist, sondern er schwingt sich über den schmalen Scheitelpunkt zwischen Gegenwart und Zukunft. Alles – die kühle, weiche Morgendämmerung, die taunassen Blätter, die kleinen Eukalyptusbäumchen, die vielleicht überleben, vielleicht auch nicht, der Atem in seiner Brust – alles ist neu für ihn.

Dann hört er es: ja, das Knacken eines Zweigs. Er bleibt stehen. Horcht. Was war das? Ein Wallaby? Doch nein, ein Wallaby würde mehr Lärm machen. Ein paar Minuten vergehen, bevor er weiterklettert, und dann ist es wieder da: ein Rascheln hinter ihm, ein ganzes Stück weiter unten auf dem Weg. Nun klingt es wie ein Stiefel, der im Schlamm ausrutscht, wie ein Halt suchender Griff in die Farne. Kein Tier. Was dann? Und wieso? Sofort werden seine Augen schärfer, seine Ohren empfindlicher. Horch, riech, sieh genau hin. Taste. Warte. Denk jetzt nach, denk. Könnte einer der Hippie-Besucher ihm gefolgt sein, haben die Nationalpark-

Ranger seine Fallen spitzgekriegt, hat Jack Mindy was in der Stadt herumposaunt... ist Jack oder einer der reaktionären Dumpfbacken verrückt geworden... ein geschäftlicher Konkurrent...? Im Bruchteil von Sekunden geht M. diese Möglichkeiten durch, kommt jedoch zu keinem Ergebnis. Was soll er tun? Er macht ein lautes Geräusch, um zu signalisieren, daß er weitergeht, bleibt aber, wo er ist. Er wird sich auf die Lauer legen. Er verläßt den tief eingeschnittenen Pfad, klettert seitwärts ins dichte Unterholz und bahnt sich auf allen vieren seinen Weg den Steilhang hinunter. Da ist er wieder, der Eindringling. Wer immer ihm da folgt, ist kein Profi, und bei dieser Feststellung wird M. etwas ruhiger. Weiter abwärts, immer näher. M. spürt, wie sein Herz klopft. Doch er gerät nicht in Panik, bleibt vernünftig. Er ist jetzt hellwach.

Es ist der Junge, der schwitzend, mit rotem Gesicht und den Fingern im Dreck, wie eine Spinne über Wurzeln und Felsen krabbelt. Bike! Das fasziniert ihn, und schon im nächsten Augenblick ärgert es ihn: ein Rückschlag. Bike trägt seinen roten Trainingsanzug und hat einen kleinen Rucksack auf dem Rücken. Unten am Rucksack hängt ein fest zusammengerollter Schlafsack. Der Junge bewegt sich selbstsicher, registriert M., und sichtlich ohne Angst. Jetzt bleibt er erschöpft stehen, um zu verschnaufen. Er holt eine Wasserflasche aus seinem Rucksack, trinkt und geht weiter. Schon bald bleibt er wieder stehen, zuckt zusammen und greift sich an die Seite. Im Nu ist er ganz nah, keine fünf Meter entfernt, und M. beschließt, sich zu zeigen. Wie ein Leopard springt er aus dem Gebüsch auf den Weg hinunter.

Der Junge erstarrt. Er schreit nicht, reißt aber entsetzt die Augen auf. Sie fixieren einander. Was hat er denn erwartet, dieser Junge? Was geht in dem Kopf dieses dummen Kindes vor?

»Ertappt!« sagt M.

Bike beruhigt sich, froh, daß er nur ein unartiger Junge ist.

»Ich geh da rauf«, sagt Bike und zeigt wild fuchtelnd mit dem Finger zum gesprenkelten Morgenhimmel. »Keine Angst, ich verfolg Sie nicht. Versprochen, das schwör ich.«

»Kehr um«, sagt M. scharf, marschiert zu dem Jungen hinüber und gibt ihm einen leichten Klaps auf die Wange.

Ein Fehler. Dem Jungen steigen die Tränen in die Augen, er weint, und dann schluchzt er hemmungslos. Er wirft sich auf den Boden und brüllt. »Sie können mir nichts befehlen, das können Sie nicht«, stößt er zwischen Schluchzern hervor. »Sie können mir nichts befehlen.« Dann kriegt er, vielleicht auch wegen des anstrengenden Marschs, der hinter ihm liegt, plötzlich keine Luft mehr und fängt an zu hyperventilieren. M. beobachtet ihn, wartet, ob das keuchende Kind sich beruhigt. Nein, dieser Junge nicht.

»Na, komm«, sagt M. und legt sanft seine Riesenhand auf die Schultern des Jungen. »Pscht, pscht jetzt. Tief durchatmen, ganz, ganz tief…« Er setzt seinen Rucksack ab und nimmt den Jungen in die Arme – damit er sich bloß endlich beruhigt. Wie klein er ist und wie warm. »Pscht, jetzt ist es gut… es ist wieder gut, alles vorbei, alles vorbei…« Und jetzt fällt M. ein, daß seine Mutter das immer gesagt hat. »Pscht, alles vorbei, alles vorbei...« Und viele Male hat er seinen Kopf in ihren weichen, dicken Busen gebettet und fest geglaubt, daß wirklich alles vorbei ist, wenn sie das sagt, und daß wirklich alles wieder gut wird – daß Berge versetzt werden. Er drückt den Jungen an seine Brust und fühlt, wie seine schmalen Schulterblätter sich heben und senken, bis sein Atem endlich – endlich! – gleichmäßiger wird, sich beruhigt.

»Komm, wir gehen jetzt«, sagt M. und läßt ihn los. »Komm, wir gehen.«

Er wird den Jungen zurückbringen müssen. Er hat keine Lust dazu, aber der Gedanke, daß der Junge da irgendwo herumwandert, würde ihn ablenken. Ja, er wird den Jungen zurückbringen müssen.

Im Pickup schweigt Bike. M. stellt keine Fragen, sagt nichts. Was der Junge sich erträumt hat, ist seine Angelegenheit. Doch als das Haus in Sicht kommt, bricht M. das Schweigen:

»Und wann bist du ins Bett gegangen?«

»Als Sie schlafen gegangen sind«, sagt Bike und starrt geradeaus. Dann blickt er zur Seite und grinst: »Brrr, ganz schön kalt.«

M. hält oben an der Einfahrt, und der Junge steigt aus.

»Bis bald«, sagt Bike.

M. nickt, wendet den Pickup. Als er losfährt, sieht er, wie Bike sich umdreht und hinterherwinkt.

Wieder der Steilhang. Wieder klettert er. Schon steht die Sonne hoch am Himmel, und M. schätzt, daß er gut einen halben Tag verloren hat. Doch es tut ihm weder um diese verlorene Zeit noch um die Extraarbeit leid, die der Junge ihm aufgehalst hat. Nein, er ist ein Profi, und deshalb wird er bei seinem zweiten Aufstieg ein weiteres Mal der Naturmensch sein: wachsam, bereit, unabhängig. Ein weiteres Mal wird sich die Welt vor ihm auftun. Ein weiteres Mal... All das ruft er sich mahnend in Erinnerung, während er klettert, und die Tatsache, daß er sich ermahnen muß, macht ihm deutlich, wie angespannt er ist: Nein, trotz all seiner guten Vorsätze öffnet sich ihm die Welt nicht, sie stellt sich ihm vielmehr überall in den Weg. Und jeder weitere mühsame Schritt bringt ihn doch nur zurück an die Stelle, wo er begonnen hat. Heute ist sein Rucksack schwer. Und um alles noch schlimmer zu machen, fängt M. an, über den Jungen nachzugrübeln, diesen blinden Passagier. Blinde Passagiere: Hasardeure, Desperados. Er vermutet, daß der Junge seinen Vater hatte suchen wollen, oder vielleicht wollte er einfach nur von zu Hause weg, an der Bohnenstange ins sagenhafte Land der Riesen hochklettern, wo jede Menge Zauberbohnen wachsen und ein Schatz wartet. Was für eine Idee – wo ein Schatz wartet!

Hör auf, trink was Kühles.

Ah, endlich die Hochebene, endlich offenes Gelände. Er setzt den Rucksack ab, schmiert sich mit Scheiße ein und bereitet sich auf den Abstieg ins Tal vor. Doch was ihm jetzt fehlt, das spürt und weiß er, ist die innere Überzeugung, und er weiß ebenfalls – weil es ihm schon früher passiert ist –, daß er sich unmöglich selber aus dieser heiklen Nervosität heraushelfen kann. Denken und Urteilen – das kreist in sich selber. Andere Jäger, Männer, denen er einst begegnet ist, vertraten die Meinung, daß solch eine Stimmung einen üblen menschlichen Gestank verbreite. Damit solche Ausdünstungen erst gar nicht entstehen konnten, hatten sie sich jegliche persönlichen Gespräche verboten. Zwei heiße Wochen lang – und wie heiß! – war diese Truppe durch den Dschungel gezogen. Sie hatten hin und wieder geknurrt, wenn es Zeit für eine Essenspause wurde, hatten einander auf mögliche Spuren hingewiesen und die Köpfe geschüttelt, wenn sie unterschiedlicher Meinung waren. Als einer der Männer dann über die Hitze und seine Frau zu Hause jammerte, die sie noch schlechter vertragen könne, war er von der abendlichen Runde ausgeschlossen worden, und zwei Tage lang durfte ihm niemand in die Augen sehen. Doch heute, an diesem langen, kühlen Nachmittag, ist ihm sogar der tröstliche Aberglaube zu spät eingefallen. M. weiß, daß er das, was schon begonnen hat, zu Ende bringen und bis zum Einbruch der Nacht warten muß. Dann, erst dann, kann er um den Trost allen Trostes bitten: den süßen Verlust des Bewußtseins. Bis zu diesem erlösenden Augenblick bleibt ihm nichts anderes übrig als weiterzumachen.

Er macht weiter.

Tief am Horizont steht riesig und glühend die Sonne. Er wandert blinzelnd in sie hinein. Als er auf einem weit ausladenden Eukalyptusast ein Opossum entdeckt, zielt er sorgfältig mit geübter Hand und erschießt es. Dann häutet er das Ding, sengt den Kadaver kurz mit brennendem Farnkraut an, um seinen eigenen Geruch zu vertuschen, und hängt ihn über eine seiner prächtigen Fallen. Er ißt. Nachts hält er über einem schmalen, wolligen Streifen Buschgras Wache. Drei Wallabys kommen zum Grasen, und ein Pademelon trippelt vorbei, doch nirgends der Tiger. Stunden vergehen, und

seine Falle explodiert: Er stellt fest, daß er sich einen
Teufel eingefangen hat. Was für ein Lärm! Er erschießt
ihn, nur um des lieben Friedens willen. Und dann ist es
endlich, endlich Zeit, um die halbherzige Jagd abzubla-
sen und zu schlafen. Noch nie hat er sich so darauf gefreut, in seinen Schlafsack zu kriechen, sich auf die Seite
zu rollen, die Augen zu schließen und der Welt den
Rücken zuzukehren. Süßer, süßer Schlaf.

Ein frischer Tag, frische Tage. Federwolken und gelegentlich ein leichter Regen. Er wandert an dem Ruhe-
platz unter dem Doleritfelsen vorbei, durchquert den
Kiefernwald, läßt den See hinter sich. Beim Gehen kann
er sich jetzt wieder vorstellen, er sei der Tiger: auf
der Suche nach Nahrung und Unterschlupf. Er untersucht jede morastige Stelle nach Spuren, durchforstet
die Hänge nach dunklen, stillen Verstecken, läßt sein
göttliches Auge durchs Gebüsch wandern und hält
Ausschau nach geknickten Zweigen, plattgedrücktem
Gras, Kot, frisch aufgewühlter Erde, frisch erlegter
Beute, einem durchlöcherten Schädel und sogar nach
Haarbüscheln. Er wandert so, wie seiner Vorstellung
nach der Tiger wandern würde – von einem Jagdrevier
zum nächsten. Verschwunden ist jenes nagende Unbehagen, verschwunden längst auch seine Lustlosigkeit.
Statt dessen ist er – einmal mehr, einmal mehr und immer mehr – der Naturmensch. Und wenn ihn seine Vor-
stellungskraft verläßt, wenn er nicht sicher entscheiden
kann, welchem Pfad er folgen, welchen Weg er nehmen
soll, setzt er den Rucksack ab, läßt sich auf Hände und
Knie nieder und schaut sich um. Schnüffelt, zieht kühle
Luft durch seine Nase. Verharrt regungslos. Dann fällt

136

er die Entscheidung, und er zieht weiter. Das macht er tagelang so, geduldig und erfolglos. Auch die gelben Nächte bescheren ihm kein Ergebnis. Aber er bleibt beharrlich, nicht anders, weiß er, als der Tiger: ohne etwas zu erwarten.

Im Mondlicht schimmert ein weißer, fast phosphoreszierender kleiner Haufen neben einem Eukalyptus, dessen Wurzeln wie die Tentakel eines Kraken über einem Felsen hängen. Knochen, entscheidet er und geht hin, um nachzusehen. Er findet ein Häufchen gebleichter, weißer, poröser Knochen. Er sieht, daß es menschliche Knochen sind, nimmt aber trotzdem einen hoch, um ihn zu prüfen, um ganz sicher zu sein. Er hat Knochen gefunden. Offenbar sind sie aus ihrem Versteck, einem schützenden Schirm aus herabgefallenen Ästen, gezerrt worden. Er kriecht unter die Äste, findet weitere Knochen, aber nicht den Schädel. Er nimmt seinen Rucksack ab und ordnet die Knochen der Größe nach zu Gruppen. Eine Rippe. Schienbein. Wadenbein. Schulterblatt. Ein winziger Mittelhandknochen. Aus keinem besonderen Grund schlägt er zwei Knochen aneinander und horcht auf den Klang. Er wühlt in der Erde. Das war Jarrah Armstrong, denkt er, das ist ein toter Mensch. Zum Vergleich hält er sich eine Rippe seitlich an die Brust. Die Knochen, die von Teufeln verschleppt und verstreut worden sind, sammelt er zusammen und legt sie wieder auf den Haufen. Erneut sucht er nach dem Schädel. Jeden Knochen studiert er gründlich, sucht nach möglichen Absplitterungen, die Aufschluß geben könnten, nach dem Einschlag einer Kugel. Sie sind ziemlich sauber, weswegen er vermutet, daß in der Nähe ein Ameisenhaufen ist. Ein melodisches »Are you lonesome tonight?« erklingt in seinem Kopf, und er denkt an die Säufer in der Kneipe. Keiner der Knochen scheint verletzt zu sein, aber er weiß, daß es noch andere Knochen geben muß, und auch Organe und Fleisch gab es mal. Bevor er weitergeht, markiert er die genaue Position mit einem kleinen Kreuz auf einer Karte, und an den Rand schreibt er mit Bleistift die Anfangsbuchstaben J. A. Hier liegt J. A. Möge er in Frieden ruhen. Später, denkt er, werde ich wiederkommen und ihn einsammeln. Später, wenn die Arbeit getan ist.

Seine hingebungsvolle Jagd wird bald belohnt. Es geschieht etwas Seltsames: Als er eines Morgens kaum mehr als zwei Meter von seinem Zelt entfernt pinkelt, sieht er – nein, das kann nicht sein – eine Spur. Doch. Es ist die Vorderpfote eines Beuteltigers (Jesus Maria und Josef). Der Abdruck ist ziemlich tief, die fünf Zehen – ja, alle fünf – zeichnen sich deutlich in der feuchten Erde ab. Das Tier muß sein Gewicht darauf gelegt haben. Aber, was noch seltsamer ist, er kann auf Anhieb keine weiteren Spuren finden. Es ist, als hätte der Tiger sich auf Steinen und Gras niedergelassen und dann eine Pfote ausgestreckt, um ihm eine Botschaft zu hinterlassen. Aber was für eine Botschaft wäre das? fragt er sich. Ist es ein Spiel – war er die ganze Zeit nur der Spielball eines übermütigen Schwindlers? Oder ist das Tier einsam und appelliert scheu an eine mißverstandene Brüderlichkeit? Oder – und das ist ein verlockender Gedanke – ist dieses Tier, seine Tigerin, neugierig, neugieriger, als ihr guttut? Hat sie ihren ersten Fehler begangen?

Er kehrt zu seinem Rucksack zurück, studiert seine Karten und macht eine Bestandsaufnahme seiner Fallen und Schlingen. Er hängt sich sein Gewehr über die Schulter und prüft, ob es gesichert ist. Dann zieht er los, um nach der Fährte des Tiers zu suchen. Im Umkreis von drei Metern um den Abdruck untersucht er die Fläche bis ins kleinste Detail, wobei er darauf achtet, daß er das Beweisstück nicht mit seinen Riesenfüßen zertrampelt. Es ist nicht so schwierig, wie er gedacht hat, und nach einer halben Stunde hat er einen zweiten und bald darauf einen dritten Abdruck gefunden. Die Tigerin wandert nach Südwesten und, nach den schwachen Spuren zu urteilen, leichtfüßig und mit ziemlicher Geschwindigkeit. Wenn es ihm gelingt, ihr auf den Fersen zu bleiben, könnte er sie vielleicht an der Stelle einholen, wo sie Rast macht. Er läuft rechts von der Fährte, gegen den Wind. Er bewegt sich schnell und sicher. Er macht keine Mittagspause, sondern ißt seine Energieriegel im Gehen. Jetzt ist sie kalkulierbar, seine Tigerin. Doch dann fragt er sich, ob er wohl selber in irgendeine Falle gelockt wird. Würde ein Tiger einen Menschen töten? Soweit er weiß, ist das bisher noch nicht vorgekommen, aber möglich ist es: Wenn das Tier durchdreht, könnte es ihn an irgendeine verborgene Stelle locken und ihm dann – von hinten oder von oben – an die Kehle springen und sie herausreißen. So wie man einem Baby den Bonbon wegnimmt.

Er beschleunigt seinen Schritt. Der Regen hat aufgehört, und eine bleiche Sonne scheint durch die grauen Wolken. Alles ist naß; blaugrau, braun oder grün. Er sieht auf die Uhr: noch zweieinhalb Stunden bis zur Dunkelheit. Er trägt Position und Uhrzeit in seine

Karte ein und geht weiter. Heute hat er schon eine weite Strecke zurückgelegt, hat die Fährte sogar ein oder zweimal verloren und sie wiedergefunden, aber er fühlt sich nicht müde, überhaupt nicht. Als er an einen umgestürzten Baum kommt, steigt er mühelos darüber: ein Schritt hoch, einer hinunter, so nimmt er ihn im Gehen (ja, sie war hier, seine Tigerin – sieh nur den tiefen Eindruck ihrer Vorderpfote, sogar mit Krallen). Durch das Buschgras bewegt er sich etwas langsamer. Und an einer Stelle mit lästigem Scoparia-Gebüsch hebt er die Arme, um seinen Oberkörper zu schützen, und schiebt sich einfach vorwärts, bleibt hier und da hängen, reißt sich wieder los. Nur schnell, nur schnell. Immer wieder bleibt er stehen, um eine Peilung vorzunehmen, damit er ständig weiß, wo er ist und wie er am besten wieder zurückfindet. Diese Kenntnis des exakten Standorts, gepaart mit seinem scharfen Naturmensch-Auge, versieht ihn mit der wichtigsten Waffe des Jägers: einem Gefühl der Direktheit, der unmittelbaren Einsicht, daß Raum Zeit ist. Ich bin hier, denkt er, ich bin genau in diesem Augenblick genau hier. Er ist bereit zu allem.

Hoch über ihm sickert das Licht aus dem Himmel, und unten bereitet sich die Erde auf die Nacht vor: Die einen ziehen sich zum Schlafen zurück – die Fliegen, die Schlangen, die Vögel –, während die anderen jetzt aufstehen. M. wird nicht schlafen. Er macht eine Viertelstunde Pause, um zu essen und sich ein wenig auszuruhen. Er wäscht sein Gesicht. Dann schnallt er das Nachtsichtgerät um und nimmt die Fährte wieder auf. Bei dem bedeckten Himmel kann er kaum etwas von der gelblichen Welt vor ihm erkennen, und als er einmal fast gestürzt wäre, kommen ihm Zweifel an seinem Entschluß, weiterzuwandern. Doch bald schon sind sie wieder zerstreut, und er marschiert weiter. Wieso sollte er Rast machen, wenn überall um ihn herum die Nachtgeschöpfe unterwegs sind?

Gegen Mitternacht hat er plötzlich den kieferngesäumten See vor sich, eine große, glänzende Wasserpfütze. Offenbar gefällt es seiner Tigerin hier, denkt M. und überlegt, wieso sie immer wieder hierher zurückkehrt. Hat sie einen Bau, ein Junges, das zu groß für ihren Beutel, aber zu schwach zum Laufen ist? Gibt es einen Gefährten, keinen Phantomgefährten, sondern einen geschwächten, der todkrank irgendwo in einer verborgenen Höhle wartet? Tötet das Tier nicht nur für sich selbst, sondern auch für andere? Und hier, mitten in der kühlen Nacht, überläßt er sich ungehemmt seiner Phantasie: Gibt es etwa eine ganze Sippe von Tigern, die so geschickt ist, daß sie den Menschen jahrelang zu meiden wußte, und – oh, eine Underground-Tiger-sippe?... Vielleicht ist die Wombathöhle da drüben der Eingang zu einem Tunnel, der zu einem komplexen Labyrinth führt, einem Atlantis... Und ist seine Tigerin denn nicht eine Späherin, die von einem Ältestenrat ausgeschickt wurde, um über den traurigen Zustand der Welt da oben zu berichten... Aber was fressen sie, diese unterirdischen Tiere, haben sie Geschmack an Würmern und Mikroben gefunden, an verwester Materie... Oder ist seine Tigerin aus dieser Unterwelt vertrieben worden, mußte sie flüchten? Ist ihre ewige Wanderung eine Form der Strafe? Vielleicht ist sie ja gekommen, um Wiedergutmachung zu leisten...

Doch bald haben sich diese Phantasien erschöpft, und M. bleibt stehen, um eine Peilung vorzunehmen. Das Tier kann nicht mehr weit sein. Sein Weg führt ihn knapp unterhalb des nahen Bergkamms am See vorbei – das glänzende Wasser ist weit weg, etwas Bedrohliches, von dem man sich fernhalten muß. Wohin will die Tigerin? Wann macht sie endlich Rast? Und jetzt erkennt er ihr Ziel: den Kiefernwald. Er wird ihr also in den Kiefernwald folgen.

Dieses Reich gehört keinem Gott, es ist gottverlassen: vollkommen und genau. Vollkommene tausendjährige Bäume, deren unterste Äste fast die Erde berühren; ein nackter, weicher, duftender Waldboden; die Anzahl der harten Schuppen jedes einzelnen Kiefernzapfens entspricht einem goldenen Mittelwert. Es ist kalt hier drinnen, und die Dunkelheit ist nur mit spärlichsten Lichttupfern gesprenkelt. Nein, auf diesem geheiligten Boden haften keine Spuren, nicht einmal die des Winds. Ausgerechnet hierher hat ihn das Tier also geführt...

Während M. langsam voranschreitet, spürt er, wie die Kiefernnadeln seine Arme und Wangen streifen. Er hält an und setzt leise seinen Rucksack ab. Er hat hier Fallen aufgestellt, das hat er nicht vergessen (wie könnte er!), und er muß sich unbedingt vergewissern, wo genau sie sich befinden. Wenn ich kann, denkt er, werde ich das Tier zu den Fallen lenken. Er blickt sich um: Von dort, wo er sitzt, ist kein Ende des Walds zu erkennen, kein Ende in Sicht. Und obwohl er sehr sorgfältig geschätzt hat, wo er ihn betreten hat und wie lange er gegangen ist – wie viele Meter und in welche Richtung –, hat die Vollkommenheit dieses Walds ihm seinen instinktiven Orientierungssinn geraubt, gerade so, als wäre eine himmlische Hand über den Kompaß gefahren und hätte eine leere Oberfläche hinterlassen. Es ist kalt und dunkel hier.

Er erkundet den Wald, indem er sich methodisch nach innen vorarbeitet, erst einen kleinen Kreis abschreitet, dann den nächsten. Es hat keinen Sinn, irgend etwas anderes zu tun, bevor er nicht die Fährte wiedergefunden hat, und das kann Tage dauern, denn der Tiger hat die Wahl zwischen tausend Ausgängen. M. hat das Gefühl, er sollte hierbleiben. Ein wenig später hört er etwas, kann aber nicht sagen, was es ist. Und nachdem er zehn stille Minuten lang gehorcht hat, geht er weiter. Schußbereit. Es gibt keinen Grund, sich zu fürchten, das weiß er, doch er wird den Gedanken an seine Kindheitsängste vor garstigen dunklen Wäldern, die Vorstellung von Hänsel und Gretel und von geistesgestörten Mördern nicht los. Aber das sind kindische Ängste, wie die Angst vor Mäusen, und kaum daß sie ihm eingefallen sind, verschwinden sie auch schon wieder. An einem Baum zu seiner Rechten blitzt in Augenhöhe irgend etwas Helles auf.

Ach, ist das einer seiner Leuchtstreifen? Jetzt paß gut auf. Irgendwo hier stehen Fallen. Und sie müssen leer sein, gierig, denn alles ist still, und kein Verwesungsgeruch hängt in der Luft.

M. marschiert, hält das Gewehr schußbereit. Schußbereit. Er marschiert eine Stunde, zwei Stunden, drei... schußbereit. Doch er ist nicht vorbereitet, als plötzlich eine leuchtende Gestalt vor ihm auftaucht – etwa zwölf Meter voraus kreuzt sie die Schneise zwischen den Kiefern, in der er sich gerade befindet.

Nicht mehr als ein gelber Schatten. So groß wie ein Tiger. In welche Richtung? Der Schatten wandert nach Osten. M. wandert nach Osten, durchquert drei gewundene Baumschneisen, was seiner Schätzung nach einer Strecke von vierzehn Metern entspricht, die er sich im Geiste notiert. Er späht, wittert. Da ist er wieder, gleitet jetzt, weiter weg, durch die Kiefern und leuchtet wie eine Verkehrsampel. M. nimmt einen Weg parallel zu dem des Tiers und spürt, wie sein Herz pocht. Er pirscht sich näher heran. Um zu schießen, benötigt er eine kurze, freie Schußlinie. Gut, gut, geh da lang... zu den Fallen, sehr gut. M. folgt. Schußbereit, schußbereit.

Noch näher, fast kann er das Tier erkennen: Waren das da Streifen auf den schon wieder verschwundenen abfallenden Flanken, oder hat ihn nur das Licht getäuscht? Aber was sollte es sonst sein? Was immer es ist, er wird es außer Gefecht setzen. Jetzt ist keine Zeit zum Nachdenken.

Und dann kommt der Moment, auf den man niemals vorbereitet sein kann. Mit seinem Manöver hat er den Tiger überlistet, er kann jetzt jeden Moment direkt vor ihm wechseln, und in diesem Sekundenbruchteil, auf dieser kurzen Strecke zwischen den Bäumen, wird M. endlich zu seinem Schuß kommen. Er läßt sich auf ein Knie nieder, hebt das Gewehr an die Schulter, verharrt regungslos. Er atmet und denkt nicht. Er sieht alles. Jetzt, jeden Moment jetzt, eine nahezu perfekte Konstellation.

Jetzt!

Das Gewehr explodiert an seiner Schulter: einmal, zweimal, gefolgt von hallendem Echo. Und sofort stellt er fest, daß er das Tier verfehlt hat, daß es, aus keinem ersichtlichen Grund, im allerletzten Augenblick die Richtung geändert hat, seiner Kugel ausgewichen und im Kieferngewirr verschwunden ist. M. lädt nach und schickt in schneller Folge eine Salve von Schüssen hinterher, doch dieser verspätete Nachschlag auf gut Glück erweist sich als überflüssig. Das leuchtende Geschöpf hat längst die Flucht ergriffen und ist verschwunden.

Später ruft er sich jenen Moment in Erinnerung, als er die Tigerin sah: Er ist sich sicher, daß sie ihn jedenfalls nicht sah.

An den folgenden zwei Tagen durchkämmt er den Ostrand des Walds auf der Suche nach der Fährte. Am späten Nachmittag des zweiten Tages beginnt es heftig zu regnen, heftig und ausgiebig, und der Regen spült M.s Hoffnung, einen Abdruck zu finden, fort. Und als diese Sintflut einsetzt, geschieht es auch, daß er sich auf die Knie niederläßt – eine einzelne Gestalt auf der Hochebene, die sprachlos den Kopf zwischen den Händen hält.

*

Mit leeren Händen macht er sich auf den Rückweg. Er möchte nie mehr die Hochebene durchstreifen, und er fragt sich, ob das wohl mit versagen gemeint sein könnte, ob er ein Versager ist. Er möchte keinen einzigen Tag mehr durch Regen wandern, der ihm ins Gesicht schlägt. Er möchte nie mehr kaltes Zeug essen. Er möchte sich nie mehr einen Rucksack umhängen oder ein Zelt aufbauen. Er haßt das Zuschnüren seiner

Stiefel. Versagen? Diesmal hat es den Anschein, daß er versagen wird.

Er wiederholt es sich: Ich werde versagen. Er sagt es laut: Ich werde versagen. Dann noch lauter: Ich werde versagen. Ich will versagen. Der Wille zu versagen. Ha, endlich wird es ihm klar, er durchschaut die Welt im Innersten, es ist der Wille zu versagen und nichts sonst. Plötzlich bekommt alles einen Sinn.

Er denkt: Ich werde mich suhlen im Versagen.

Er denkt: Meine Geduld ist verbraucht.

Er denkt: Das Spiel ist aus.

Jetzt hat er den Anfang des Pfads erreicht, der den Steilhang hinabführt, und er hält kurz an, bevor er nach unten prescht. Seine Arme rudern, seine Stiefel schliddern. Und weiter! Bloß weg! Alles hinter sich lassen. Im Pickup ist er nervös, und als ein rumpelnder, schwankender Holztransporter ihn nicht vorbeiläßt, sondern jedesmal beschleunigt, wenn er zum Überholen ansetzt, tritt er das Gas durch, drückt auf die Hupe und jagt blindlings an ihm vorbei. Schließlich erreicht er das Haus und sieht, daß das Tipi verschwunden ist.

Die Plünderer sind weitergezogen. Der Junge öffnet die Tür und läßt ihn herein. M. stellt sich so lange unter die dampfende Dusche, bis das Wasser kalt zu werden beginnt. Er schrubbt sich mit Seife ab. Das Wasser beruhigt und erschöpft ihn.

Wo ist die Frau?

»In die Stadt gefahren.«

»Und deine Schwester?«

»Mit ihr zum Arzt.«

Der Junge ist niedergeschlagen. Falls er sich anfangs auf das Alleinsein gefreut haben sollte, so ist ihm die

Lust daran längst vergangen. In einem Anfall von Großmut schlägt M. Bike eine Autofahrt vor. Er läßt den Jungen auf seinem Schoß sitzen und lenken. Sie fahren nicht weit, vielleicht ein paar hundert Meter, und dann ist es Zeit, zum Haus zurückzukehren. Sass und Lucy sind in der Küche. Sass sitzt an dem kleinen Holztisch, wippt mit den Füßen und schält Kartoffeln. Sie sieht schlecht aus und hört sofort mit Schälen auf, hustet. Ihre Handgelenke sind schmal und zerbrechlich. Die Mutter schneidet Karotten auf der Sitzfläche der Bank, neben ihr steht ein großer, dampfender Kochtopf.

Sie sind ganz leise, die Männer, schleichen sich heimlich in die Küche, um die beiden zu überraschen. Bike hebt einen Fuß, hält ihn fünf Sekunden in der Luft, setzt ihn geräuschlos auf den Boden, macht den nächsten Schritt, gefolgt von einer weiteren Pause. Er ist ein Muster an Konzentration.

»Huuu!« Bike prescht vor und packt seine Mutter an der Taille. Sie quietscht, ihre Hände fliegen hoch.

»Ihr zwei!« sagt sie. »Na, das ist aber eine Überraschung.« Sie zerstrubbelt Bikes Haar.

»Ich hab den Wagen gefahren, ich hab den Wagen gefahren«, singt Bike.

»Lügner.« Sass ist mürrisch.

»Ich hab den Wagen gefahren, ich hab den Wagen gefahren.«

»Mum!«

Lucy sieht erst zu M., dann zu Bike. »Ist das wahr, mein Spatz?«

»Stimmt doch, oder?« sagt Bike und sieht M. hilfesuchend an.

»Wir haben einen kleinen Trip gemacht, nur die Auffahrt lang.«

Lucy wirkt – glücklich. Gleichzeitig traurig und
glücklich.

»Dolles Ding«, sagt Sass und schält.

An diesem Abend essen sie gut. Die Kinder sind bald
fertig und verschwinden auf Anweisung ihrer Mutter in
ihr Zimmer. Wieder vertraut sie ihm an, daß sie keine
Medikamente mehr nimmt. Als er nichts dazu sagt,
sondern nur nickt, erklärt sie, diesmal – diesmal sei es
ihr ernst.

»Niemand ahnt«, sagt sie, mehr zu sich selbst als zu
ihm, »was ich durchmache.«

Aber schnell erwachen ihre Lebensgeister wieder,
und sie bietet ihm ein Glas Wein an. Rot oder weiß? Rot,
sagt er. Roter wäre schön. Sie trinken eine Flasche und
öffnen eine zweite. Das Feuer hält den Raum warm und
gemütlich. Sie sind in Schweigen verfallen, aber es beun-
ruhigt ihn nicht. Er trinkt und versucht, den Tiger, seine
Tigerin, zu vergessen. Er läßt sie sehr weit entkommen,
er vergrößert die Hochebene um das Tausendfache und
schenkt der Tigerin Siebenmeilenstiefel. Er schenkt ihr
Flügel. Lucy ist ebenfalls still, ihre Augen ruhen auf
dem Feuer.

Bike kommt herein, sein Gesicht ist rot vom Weinen.
Er huscht auf den Schoß seiner Mutter.

»Was ist los?« fragt sie.

»Ich hab Angst vor Sass.«

»Sei nicht albern, Herzchen. Sie macht doch nur
Spaß.«

»Nein, nein.« Bike wird ganz aufgeregt und schüttelt
den Kopf.

»Na, na, du bist doch ein großer Junge. Achteinhalb Jahre alte Jungen lassen sich doch keine Angst machen.«

Er will nicht auf sie hören, kneift die Augen zu.

Es gelingt ihr nicht, ihn abzuschütteln. Er schläft ein, dort am Kamin. Sobald sie versucht, ihn abzusetzen, wacht er auf, klammert sich an sie, will sie nicht loslassen. Er möchte in ihrem Zimmer schlafen, er möchte bei ihr schlafen. Sie seufzt, also gut. Es ist spät, sagt sie, Zeit, ins Bett zu gehen. Sie rollt mit den Augen. Gute Nacht. Gute Nacht, sagt M.

M. sitzt allein am Feuer. Mit dem Wein im Bauch fühlt er sich warm und angenehm, und die Fehlschläge des Tages scheinen weit hinter ihm zu liegen. Im Ernst, wer ist er denn, daß er mit leeren Händen zurückkehrt? Das Leben ist hart, denkt er, aber aufgeben liegt nicht in meiner Natur. Das stimmt, er gibt nicht auf. Wenn er hätte aufgeben wollen, dann hätte er es schon vor Jahren tun müssen. Das stimmt, das stimmt, und außerdem könnte alles noch schlimmer sein. Ja, alles könnte noch schlimmer sein. Er hätte den Tiger gar nicht zu Gesicht bekommen können. Er könnte Zweifel an seiner Existenz haben. Aber er existiert, M. hat seinen Weg gekreuzt, er weiß, wo der Tiger ist. Ah, er spürt, wie seine Hoffnung wieder erwacht. Sie ist zwar vom Wein befeuert, das weiß er, doch er genießt sie trotzdem. Wenn der Tiger Flügel besitzt, denkt er, dann ich ebenfalls. Flügel! Er blickt zu dem Plakat an der Wand, zu dem Einhorn in den Wolken, und stellt sich vor, wie er im Himmel jagt: wie er auf Windböen herabsaust, sich hinter Sturmwolken versteckt, die Kalligraphie der Vögel liest. Er weiß, daß er betrunken ist, da die Dimensionen

des Zimmers sich ständig verschieben. Es kostet ihn
große Anstrengung, ins Bett zu gelangen.

*

Bike rennt zum Telefon und nimmt ab.

»Hallo? . . .

Wußten Sie, daß es zweitausendmillionensechs-
unddreißig Sterne im Universum gibt?«

Triumphierend, als hätte er endlich eine alte Rechnung beglichen, dreht Bike sich zu Sass um.

»Und« – er riskiert sein Glück mit einer weiteren
Frage – »daß es nur drei Tiere gibt, die in jedem Land
der Erde vorkommen? Jetzt sind Sie dran – raten Sie,
welche.«

M. tut die unermüdliche Mrs. Mindy fast leid: Nun
muß sie auch noch raten.

»Falsch! Falsch!« Bike ist ganz aufgeregt. »Weiter,
raten Sie noch mal, noch ein Versuch – der letzte . . .

Falsch! Kakerlaken, Tauben und –«

Er hat es vergessen, sieht hilfesuchend zu seiner
Schwester.

»Ameisen.«

»– und Ameisen«, sagt er. »Okay. Einen Moment.
Tschüß.«

Er hält M. das Telefon hin. »Es ist für Sie.«

Für ihn? Ihn?

Skeptisch nimmt er den Hörer hoch. »Martin David.«

Und dann. »Ja, verstehe.«

Da hat er es. Ein Anruf vom Mittelsmann, ebenso
unerwartet plötzlich und unabweisbar wie ein Anruf

150

von Gott. Ein neuer Auftrag ist zu erledigen – »dringend, Sie verstehen«. Zufällig – »Zufällig bin ich morgen in Sydney. Wir treffen uns um fünf.« Nun gut, es ist also entschieden, sie werden sich morgen um fünf in Sydney treffen.

»Wer war das?« fragt Sass.

»Niemand«, sagt M. »Nur was Berufliches.«

Er geht in sein Zimmer, schließt die Tür und packt seine Sachen zusammen. Lucy erwartet ihn schon, als er wieder auftaucht.

»Was ist los?« fragt sie. Er sieht, daß sie besorgt ist.

»Ein Notfall. Sie brauchen mich wieder in Sydney.«

»Hoffentlich ist alles in Ordnung.« Sie hat sich das Schlimmste ausgemalt.

»Einigermaßen. Nichts Schreckliches. Sie brauchen mich nur für ein paar Tage, damit ich eine schiefgelaufene Geschichte in der Fakultät wieder in Ordnung bringe. Lächerlich im Grunde.«

Die Kinder haben sich in den Flur geschlichen und horchen angestrengt.

»Dann kommen Sie also bald wieder«, sagt Lucy.

»Ich komme wieder.«

»Ich komme wieder«, äfft Bike ihn mit schwerem deutschem Akzent nach. Sass boxt ihn in den Arm.

»Wann werden Sie ungefähr wiederkommen?« fragt Lucy.

»Ich hoffe, in einer Woche. Spätestens in zwei.« Merkt sie, daß er es nicht weiß, daß er lügt?

»Er bleibt nicht lange weg, Kinder«, sagt Lucy. »Stimmt doch, oder?«

»Keine Sorge.«

»Kann ich die Zahnbürste kriegen?« fragt Bike.

M. ist verwirrt.

»Vom Flugzeug«, erklärt Lucy. »Nicht auf dieser Strecke«, sagt sie zu Bike. »Auf dieser Strecke verteilen sie keine. Nur bei Überseeflügen.«

Bike ist enttäuscht. Ihm fällt etwas anderes ein: »Darf ich mit zum Flugplatz?«

Lucy wartet. M.s Antwort kommt schnell. »Vielleicht ein andermal.«

»Er kommt bald wieder, Herzchen«, wiederholt Lucy. Wie eine Silbermedaillengewinnerin ringt sie sich ein Lächeln ab.

Als er später allein ist, stört Lucy ihn leise.

»Entschuldigung«, sagt sie und preßt ihre Schulter gegen den Türrahmen, »ich wollte nur wissen...«

Er sieht, daß es ihr schwerfällt, die richtigen Worte zu finden.

»... also, wegen dem Geld...«

Ah ja, das Geld, die Bezahlung. Sie möchte wissen, ob die Überweisungen, die seit seiner güldenen Ankunft jede Woche eingehen, jetzt aufhören werden. Die Frau ist sehr viel praktischer, als er ihr zugetraut hätte. Ein Fehler.

»Das wird weiterlaufen«, verspricht er. »Ich kümmere mich drum.«

Sass verlangt ihr Foto zurück.

Martin David verabschiedet sich. Lucy sagt, daß sie ihn bestimmt vermissen wird. Ein warmes Gefühl, regelrecht körperliche Wärme, schießt in seine Brust, und er merkt, daß auch er Lucy vermissen wird. Er wird sie alle vermissen, und dieses Gefühl begleitet ihn noch, als er wegfährt, gefolgt von Bike, der den ganzen Weg bis zum Ende der Auffahrt rennt.

II

Da ist sie wieder, die planlose Ansammlung von Form-
bäumen neben der Straße. Er fährt mit halboffenem
Fenster, hält den Arm in den feinen Sprühregen und
sieht sich an der untergehenden Sonne satt. Als er zu
der Tankstelle kommt, hält er an und geht hinein. Dieselbe Frau, die ihn beim erstenmal bedient hat, sitzt vor
ihrem Miniaturfernseher. Ihm fällt auf, daß sie ihr Haar
leuchtend kupferrot gefärbt hat. Er kauft Schokolade
und denkt: Das wird sie überraschen, wenn ich auf-
tauche.

Als er wieder im Auto sitzt, fällt ihm noch etwas ein:
Hoffentlich mag Lucy Schokolade. Aber wer mag
schon keine Schokolade? Alle Frauen lieben Schokolade – oder nicht? Er stellt fest, daß er nervös ist. Diese
Sorge wegen der Schokolade, das sind die Nerven. Er
kommt sich vor wie ein Kind, das am Weihnachtsmor-
gen aufwacht, oder wie ein Junge, der sich zum erstenmal mit einem Mädchen trifft... Das Gefühl ist gar
nicht mal unangenehm, und so überläßt er sich ihm.
Aber vielleicht hätte er doch vorher anrufen sollen;
nach fast achtwöchiger Abwesenheit hätte er seine
Rückkehr vielleicht ankündigen sollen... Bis jetzt hat
er diese Überraschung, die ihn im besten Licht zeigen
sollte, für eine gute Idee gehalten. Doch nun erscheint
sie ihm plötzlich als ein schrecklicher Fehler, als die un-
glücklichste Entscheidung, die er überhaupt hätte treffen können. Jetzt hör aber auf, befiehlt er sich, über-
treib nicht. Überraschungen sind lustig. Da ist doch
nichts dabei. Sie werden sich über mein Kommen
freuen. Das möchte er gern, er möchte, daß sie sich ge-

nauso über das Wiedersehen freuen, wie er sich darüber freuen wird. Das ist es, was ihn nervös macht, diese befrachteten Erwartungen. Und was wird sie sagen? Und was wird er antworten? Eines Tages ... eines Tages liegt er vielleicht mit ihr im Bett und gesteht ihr, daß er am Tag seiner Rückkehr so – nervös (nervös! würde sie lachend sagen. Du und nervös?) gewesen sei, daß er daran gedacht habe, wieder umzukehren. Er würde ihr erzählen, daß er überlegt hatte, ob sie überhaupt Schokolade mag, daß er sie fast aus dem Fenster geworfen hatte, um nicht ihr enttäuschtes Gesicht beim Anblick eines mißglückten Geschenks zu sehen. Ja, er wird ihren Rücken streicheln, wenn die Kinder an die Tür klopfen und mit dem Bettfrühstück hereinkommen, durchweichten Arme-Ritter-Scheiben und lauwarmem Kaffee, und er wird ihr ins Ohr flüstern, daß er sich einmal gesorgt hat, ob sie auch Schokolade mag. Dann wird sie lachen, und er wird ihr dabei zuhören.

Das warme Gefühl füllt seine Brust.

So etwas passiert ihm häufig beim Fahren über leere Landstraßen, er driftet in ein Phantasiereich. Anderen Menschen geschieht das beim Joggen oder Schwimmen oder in öffentlichen Verkehrsmitteln; ihm passiert es beim Autofahren. Doch er kennt diese Neigung zur Selbsttäuschung sehr genau und sieht stets zu, daß sie nicht ausufert. Er weiß, daß die Frau ihn vielleicht gar nicht braucht oder begehrt und – was noch wichtiger ist – daß auch er die Frau vielleicht weder braucht noch begehrt. Aber der Gedanke ist da, der Gedanke, daß er vielleicht eines Tages auf einer Farm alt werden möchte, mit seinen Lieben um sich herum (seinen Lieben!). Abwesenheit, hat er festgestellt, läßt das Herz zärtlicher werden. (Wenn sie einen erst mal im Griff hat, die Abwesenheit, ist sie unbesiegbar – denn wie soll man gegen nichts kämpfen, wohin soll man mit seinen Schlägen zielen, und wonach soll man greifen, wenn man sich ihr entwinden will?) Jedenfalls muß irgendwann einmal Schluß sein mit den Hotelzimmern, den Spanplattenmöbeln, dem Ein- und Auschecken, der Suche nach guten Restaurants, dem dauernden Sich-vorstellen-Müssen, den falschen Frauen mit ihren falschen Namen, den Telefonanrufen. Ja, er ist froh, daß er um eine zweite Reise zu der Insel gebeten hat, es sollte doch noch einen Versuch wert sein. Ja, es ist eine gute Sache. Eine gute Sache.

Ah! Endlich, die Auffahrt, endlich das Haus. Nirgends brennt Licht. Er drückt auf seine Hupe, *tuut, tuuuut.* Und noch einmal – *tuuuut.* Wo sind sie? Schlafen sie? Er klopft an die Haustür – *bum, bum, bum* –, wartet, hört nichts. Er hält die Hand über die Augen und versucht durch das Fenster zu spähen, aber die Regenbogenvorhänge sind zugezogen, und der winzige Spalt dazwischen ist dunkel, enthüllt nichts als Dunkelheit. Merkwürdig. Er geht nach hinten und stellt fest, daß die Räder der Kinder ordentlich an der Hauswand lehnen. Also müssen sie da sein. Womöglich sind sie heute abend miteinander ausgegangen, vielleicht in die Stadt (unwahrscheinlich – aber warum nicht, warum nicht?). Er ruft laut: »Hallo! Hallo! Ich bin's! Hallo!« Einen Moment lang weiß er nicht, was er tun soll, dann beschließt er, sich Einlaß zu verschaffen: Er ist kein Fremder, wenn sie ihn sehen, werden sie Verständnis haben. Er versucht es mit der Hintertür, aber sie ist abgeschlossen. Das Fenster ist allerdings nicht verriegelt, und er stemmt es hoch und klettert hinein, landet der Länge nach auf dem Boden, in Dunkelheit. Schnell aufstehen und Licht anknipsen. Und dann sieht er es, er steht mittendrin. Ein Tier muß sich über die Chaiselongue hergemacht, die Füllung herausgerissen und sie auf dem Teppich verstreut haben. Aus irgendeinem Grund sind alle Stühle verschwunden. Auf dem Tisch stehen Schüsseln mit verschimmeltem, vergammeltem Essen, und überall liegen schwarze Köttel, so groß, daß sie von Ratten stammen können, nicht von Mäusen. Vor dem Kamin ist ein ziemlich großes Stück vom Teppich verbrannt, man kann dort die geschwärzten Dielenbretter sehen. Er seufzt, und der Seufzer kommt aus einer abgründigen Tiefe. Die Küche, stellt er fest, ist ebenfalls verlassen. Er versucht es mit Lucys Schlafzimmer, klopft vorher an die Tür. Es deprimiert ihn, daß kein Bett darin steht. Auch das Kinderzimmer ist halb leer; in einer Ecke liegt ein Kleiderhaufen. Die Wände sind immer noch bemalt – bekritzelt und verschmiert. Das Ganze gefällt ihm nicht. Er versucht es noch einmal: »Hallo! Halloo!«, aber seine Rufe verhallen unbeantwortet. Draußen ruft und brüllt er, geht zur Koppel hinüber und ruft und brüllt noch ein bißchen weiter. Wieder im Haus, knipst er alle Lichter aus und verriegelt die Türen. Was bleibt ihm anderes übrig, als ins Auto zu steigen und wegzufahren?

Er fährt. Es ist unfaßbar.

Er betritt Ye Old Tudor Hotel genau in dem Augenblick, als der Wirt die letzte Runde ausruft. Es ist ein Freitagabend, und der Kneipenraum ist laut und voll und verraucht. Er stellt sich an den Tresen und wartet, bis das letzte Bier gezapft und serviert ist. Natürlich spricht ihn niemand an. Das irritiert ihn nicht, weil er jetzt in einer Welt lebt, in der alles möglich ist, und um zu überleben, muß er sich anpassen. Um ihn herum dreht die Welt sich weiter, die Menschen tun immer noch das, was sie zu tun haben, aber er fällt kein Urteil mehr über sie, er stellt zwischen sich und seiner Umgebung keine Verbindung her. Es ist eine neue Welt, auf die er sich nicht einlassen kann, ihre Regeln sind nicht seine Regeln, sie sind unverständlich. Was immer auch geschehen mag, es gibt jedenfalls nichts, worauf er sich berufen könnte und behaupten, ihm sei Unrecht widerfahren.

»Ja?« Das ist der Wirt.

»Haben Sie ein Zimmer, nur für eine Nacht, nur eine Nacht«, sagt M.

»Eine Nacht?«

»Eine Nacht.«

Der Wirt sieht ihn lange an, greift dann in eine Schublade unter dem Tresen und zieht einen Schlüssel an einem fluoreszierenden grünen Plastikanhänger heraus.

»Alles in Ordnung, mein Sohn?« sagt er mit gedämpfter Stimme und reicht ihm den Schlüssel.

M. weiß, daß mit ihm nicht alles in Ordnung ist, nein, ganz und gar nicht, doch er sagt: »Ja, besten Dank, alles in Ordnung.«

Er ist schon im Gehen begriffen, als er, gegen seinen Willen, sagt: »Ich bin gerade bei den Armstrongs vorbeigefahren ...«

Es ist eine Feststellung, keine Frage, und der Wirt zieht mit einer »Ach-ja?«-Miene die Brauen hoch. Als er merkt, daß M. sich nicht rührt, sagt er: »Weggezogen.« Dann, als M. immer noch dasteht, wiederholt er: »Haben sich verpißt. Fragen Sie Mindy«, fügt er hinzu, um ihn loszuwerden.

M. ist die Brust zerschmettert worden. Die Haut ist ihm vom Körper geschält worden. Er könnte seine Kinnlade ausrenken und das Universum mit einem steingrauen Gebrüll erfüllen.

Am nächsten Morgen macht er einen Besuch bei Jack Mindy. Doch Jack ist nicht zu Hause, nur seine Frau, und sie gibt M. bereitwillig Auskunft. Ganz benommen sitzt er auf einem kleinen, staubig-rosafarbenen Sofa und hört ihr zu.

»Es war das Mädchen«, sagt sie, »es war das Mädchen. Eines Abends saß sie am Kamin – Sie wissen ja, wie kalt es werden kann –, und irgendwie hat das Feuer übergegriffen, ein Funke ist in ihre Kleider geraten oder was sie gerade anhatte, ich glaube, es war was Grünes, sie trug ja so verrückte Klamotten, jedenfalls ging das Zeug sofort in Flammen auf, einfach so ... Sie konnte die Sachen nicht allein ausziehen, und der Junge, Gott segne ihn, der war auch da, schlief direkt neben ihr – eigentlich ist es ein Wunder –, und er hat natürlich alles versucht, aber er ist ja noch ein Kind, und als sie sich schreiend auf dem Boden rollte und er ein paar Tassen Wasser über sie kippte, na ja, da war es längst zu spät, und sie wurde ganz, ganz furchtbar verbrannt ...

Und Lucy? Lucy hat nicht mal was gehört – diese Pillen, Sie kennen sie ja, schreckliches Zeug. Gott sei Dank war der Junge so geistesgegenwärtig, mich anzurufen, wo er die Nummer gefunden hat, weiß ich nicht, aber er rief mich an und sagte, seine Schwester ist tot

und ob ich bitte rüberkommen kann und mal gucken ...
O Gott! Entschuldigung, keine Angst, sie ist nicht tot –
nicht tot, nur schlimm verbrannt –, liegt im Krankenhaus und kann sich überhaupt nicht rühren. Und ich,
ich wußte nicht, was ich machen soll. Ich hab einen
Krankenwagen gerufen, und dann bin ich selber mit
Jack so schnell wie möglich rübergefahren. Als Lucy
sah, was passiert war, konnte sie es nicht fassen, das
Wasser lief ihr über das Gesicht, als würde sie weinen,
aber sie weinte nicht richtig, sie stand einfach nur da,
und die Tränen liefen ihr übers Gesicht. Und wir sind
dann alle zum Krankenhaus gefahren, auch der Junge,
und als die Krankenschwestern uns endlich sagten, sie
würde wieder in Ordnung kommen und wir könnten
nach Hause gehen, was macht der Junge da, er weigert
sich zu gehen – er war überhaupt nicht müde, dieser
Junge, total aufgedreht –, und er schrie und schlug um
sich, als wäre alles zu Ende, bis die Schwestern sich
schließlich keinen anderen Rat wußten, als eine Prit-
sche neben das Bett zu stellen, und das haben sie dann
auch getan ...

Am nächsten Morgen bin ich wieder mit Lucy ins
Krankenhaus gefahren, und sie sagten uns, sie hätten
schlechte Nachrichten, das Kind müßte aufs Festland
gebracht werden, in ein Spezialkrankenhaus für Ver-
brennungen, sie sagten, es müßten einige Tests gemacht
werden, mehr wollten sie uns nicht sagen, wir konnten
noch so viel fragen ... Und da hat Lucy dann eben die
Sachen gepackt, und sie sind fort, zum Kinderkranken-
haus in Sydney ... Ich hab Kontakt gehalten, hauptsächlich mit den Schwestern, es war dann nämlich so,
daß Lucy, na ja, daß sie schließlich aufgab, ich glaube, sie

konnte es nicht ertragen, noch jemand zu verlieren ... es reichte ihr ..., da hat sie aufgegeben ... sie ist zusammengeklappt, und sie mußten sie auch ins Krankenhaus bringen, ein Haus mit einem hübschen Blick auf den Hafen, Sie wissen schon, was für eine Sorte ich meine ... Der Himmel weiß, woher das Geld kam ...

... Der Junge? Armer Kerl, was sollte er machen? Jack und ich konnten ihn nicht nehmen, sehen Sie mich doch an, ich bin zu alt für so was, nicht noch mal ... Nun, sie haben ihn in eine Pflegeeinrichtung gegeben, also er ist in einem Heim, und sie suchen nach einer guten Familie für ihn, einem Ort, wo er es gut hat ... Nein, es läßt sich nicht leugnen, eine schwarze Wolke ist über diese Familie gekommen, das muß ich wirklich sagen, eine ganz, ganz schwarze Wolke ... Gott schütze sie, unberufen, toi, toi, toi und Gottes Segen ...«

Er macht einen schnellen Abgang. Nichts.

*

Was er als nächstes tut, tut er fast ohne zu überlegen: Er tut, was er zu tun hat. Er kehrt in die Stadt zurück, geht in Sids Supermarkt und kauft Vorräte. Er steht an der Kasse, als zwei Jungen in Khakiuniform hereinkommen, und er erkennt sie wieder – die zwei Unsterblichen von der Nacht am Lagerfeuer.

»Hallo.« Auch er ist erkannt worden, und er nickt zum Gruß.

»He, du«, sagt einer der Jungen und piekst das Mädchen an der Kasse in die Rippen.

»Aua!« Sie lacht, errötet, konzentriert sich plötzlich ganz auf ihre Registrierkasse.

»Na, wie wär's«, lockt der Junge, »Zeit für einen Joint?«

Jetzt wird sie ausweichend. Bis auf M. ist der Laden leer.

»Okay«, sagt sie, »einen Augenblick noch.«

Sie macht seine Rechnung fertig.

Als er die Jungs genauer anschaut, stellt er fest, daß sie Nationalparkuniformen tragen. Er muß auffällig gestarrt haben, denn einer der beiden legt seine Hand auf das gestickte Abzeichen an seinem Ärmel und sagt: »Richtig, Kumpel, arbeite für die Regierung.« Er beugt sich herüber und flüstert in M.s Ohr: »Auf der Suche nach Tigern!« Haha, der Junge lacht, findet es sehr komisch. M. bezahlt und verläßt den Laden. Er geht ins Hotel, um seinen Schlüssel abzugeben, und der Wirt steckt ihn wortlos weg.

»He, Arschloch!« ruft ein Säufer, derselbe rotgesichtige Kerl, der ihn schon früher beleidigt hat. Diesmal steht der Betrunkene auf und kommt herüber an den Tresen, stützt seinen Ellbogen direkt neben ihm auf. M. kann seinen Alkoholatem riechen.

»Wieder zurück, wie ich sehe? Kann einfach nicht davon lassen, wie? Erzähl mir nichts, die haben dich da oben erwischt, als du nach dem verdammten Tassie-Tiger gesucht hast? Wo ist denn deine Schwulen-Uniform? Kein Geheimnis, Kumpel, die ganze verdammte Stadt weiß doch längst Bescheid.«

Ha, ha, ha, ha.

Als er fertig mit Lachen ist, seufzt er. »Verdammte Arschlöcher ... verdammte Verschwendung von Steuern.«

Der Wirt hat ein Auge auf alles.

»Noch ein Bier, Kumpel«, sagt der Säufer, munter geworden. Er dreht sich zu M. um. »Herrgott, was bist du bloß für ein elender Hurensohn, man könnte glatt glauben –«

Mit der rechten Hand packt M. den Kopf des Säufers im Nacken und schlägt ihn hart auf den Tresen. Der Mann sackt zusammen, gleitet zu Boden, bewußtlos.

»Verpiß dich«, sagt der Wirt mit harter Stimme.

Er geht.

Er fährt, und das Auto bringt ihn zurück zu dem bläulichen Sandsteinhaus. Der Steilhang nickt ihm zu. Bald, ganz bald, wird er dort sein. Am liebsten wäre er jetzt schon da. Dort oben ist es ruhig und rein, Platz genug für einen Mann zum Nachdenken. Dort oben findet Veränderung mit Anmut statt: Der Mond nimmt zu und nimmt ab, Eukalyptusbäume werfen ihre Blätter ab, das Wasser in den schlammigen Bergseen steigt – oder fällt. Ein Ast mag vielleicht in einem Sturm abbrechen oder ein Bach nach schwerem Dauerregen über die Ufer treten, doch selbst solche Veränderungen sind selten und können das Gesamtbild nicht nachhaltig beeinträchtigen. Und was die großen Umwälzungen betrifft – durch Meteore, Vulkanausbrüche und Erdbeben –, wie oft geschieht so etwas denn überhaupt? Alle Millionen Jahre mal ... Anders als im Leben eines Mannes, denkt M. Wenn das Leben eines Mannes eine Insel wäre, wäre sie unbewohnbar.

Er wird all das herausfinden, wenn er oben ist. Nicht jetzt, jetzt muß er schlafen.

Jemand hat soeben Licht im Haus gemacht. Ja, er kann es sehen! Da ist ein Licht! Und noch eins! Wie –

sind sie zu Hause? Könnten sie etwa zurückgekehrt sein? Er hat die Fähigkeit der Vorhersage verloren, und alles ist möglich.

Er steht draußen vor der Haustür und ruft leise: »Hallo?«

Er hört Schritte im Flur – ja, sieh nur, die Tür geht auf.

Es ist Frei. Es ist Frei.

Frei trägt eins von Lucys Kleidern; es guckt unter einem unförmigen Wollpullover hervor.

»He, Mann«, sagt Frei, »kommen Sie rein.«

Drinnen hockt Freis Gefährtin vor dem Kamin und balanciert ein Holzscheit in der Hand. Das Baby krabbelt vor ihren Füßen herum.

»Hallo«, sagt sie und blickt rasch hoch. »Wir haben gehört, das Haus steht leer.«

»Traurige Geschichte«, sagt Frei. »Ich hab demnächst einen Job oben auf der Hochebene«, fügt er hinzu, »bißchen Geld ranschaffen.«

»Und ich paß auf das verdammte Kind auf.«

»Ein paar von den anderen waren auch oben«, fährt er fort. »Jemand meint, sie haben einen Tiger gesehen. Die vom Nationalpark wollen ihn kriegen.«

»Haben wahrscheinlich Gespenster gesehen«, sagt das Mädchen.

»Was hast du bloß?« erwidert er.

»Wir schlafen hier am Feuer«, sagt sie. »Sie können schlafen, wo Sie wollen.«

M. holt sich einen Armvoll Kleidungsstücke aus dem Kinderzimmer, trägt alles in Lucys Schlafzimmer und baut daraus eine Art Matratze. Er rollt seinen Schlafsack aus. Im Badezimmer findet er ein Plastikröhrchen mit Rohypnol-Tabletten. Er beugt sich übers Waschbecken, läßt Wasser in den Mund laufen und schluckt zwei.

In der Mitte der Zimmerdecke ist eine Gipsrosette, weiß und verschlungen. Und auf seinem Lager aus zerknüllten Kleidern betrachtet er sie mit ruhiger werdendem Herzen, bis er – auf die Seite gedreht und die Knie an die Brust gezogen – in einen sanften, unschuldigen Schlaf sinkt.

*

Hinauf.

Er muß sich auf jeden Schritt konzentrieren, muß jedesmal, wenn er einen schlammigen Stiefel hebt, entscheiden, wo er ihn wieder absetzen soll: auf dem trockenen Felsen; auf der anderen Seite der Baumwurzel; auf halber Höhe einer tiefen Furche. Er achtet jetzt auf solche Einzelheiten, die er früher rein instinktiv bewältigt hat, damit für andere, weniger angenehme Gedanken kein Platz in seinem Kopf ist. Aber es klappt nicht, er kann es nicht ändern. Und so hat er noch nicht einmal das Ende des Steilhangs erreicht, als das Lamentieren beginnt. Man hat mich im Stich gelassen, denkt er, die Welt hat sich gegen mich verschworen. Ich strenge mich an und strenge mich an, und man sieht ja, was passiert. Ich habe doch wirklich nicht viel verlangt. Nein, andere Menschen verlangen viel mehr, und trotzdem wird es mir verweigert. Er hört sich selber zu: Es ist widerlich, sich so zu bemitleiden. Die ganze Geschichte ist widerlich, er will nichts mehr davon wissen. Es gibt Schlimmeres, denkt er, durchaus Schlimmeres. Aber stimmt das? Stimmt das wirklich? Sogar der Trost, den er sich zuspricht, klingt hohl.

Als er endlich die Hochebene erreicht, steht ein blasser Mond hoch am ebenso blassen Nachmittagshimmel. Er läßt seinen Rucksack fallen und macht Rast. Wie von Geistern gelenkt, sucht er sich einen Haufen Wallabykot und rührt eine Paste an, um sich zu tarnen. Es ist seltsam, aber nachdem das getan ist, fühlt er sich ein wenig getröstet. Er breitet die Arme weit aus und spürt den Wind in seinen Handflächen, dann schwingt er die Arme so leicht, wie ein segelnder Vogel mit den Flügeln schlägt. Die Welt liegt jetzt hinter mir, denkt er und stellt sich vor, die Lüfte trügen ihn: Ich habe alles hinter mir gelassen. Er blickt hinüber zu den Eukalyptuswipfeln und denkt sich die weichen grünen Blätterschichten als Wolkenbänke. Wie ein Flugzeug segelt er in jener unzugänglichen Region über den Wolken. Aber dann frischt der Wind auf, und seine Phantasie versiegt.

Für den Rest des Tages schwankt er zwischen Klagen und dem Wunsch, die traurige Welt hinter sich zu lassen. Er fragt sich, ob man das unter Fegefeuer versteht – zumindest hofft er, daß es das Fegefeuer und nichts Schlimmeres ist. Alles, ruft er sich in Erinnerung, alles ist möglich. Und während er nachts auf dem harten Boden liegt, quälen ihn Gedanken an das Mädchen, an Sass, die nun zum Liegen verdammt ist, und an ihre Mutter, der es auch nicht besser ergeht. Es wird so schlimm, daß er aufstehen und herumwandern muß.

Es sind keine leichten Tage. Um sich ein Ziel zu setzen, und nicht, weil er wirklich ein Ziel hätte, macht er sich daran, seine Fallen und Schlingen zu kontrollieren.

Was soll er sonst tun? Etwas Besseres fällt ihm nicht ein. Und jedesmal, wenn er sich einem seiner Werke nähert, macht er sich auf die Möglichkeit gefaßt, daß er auf den Tiger stoßen könnte oder das, was die Teufel vom Tiger übriggelassen haben, nachdem sie ihm Fleisch und Knochen weggerissen und nur noch das eingeklemmte Bein oder vielleicht einen Fetzen Haut hinterlassen haben. Was soll's? Er hat eine Idee: Er wird mit einer Beuteltigerpfote als Talisman reisen, seiner falschen Kaninchenpfote, die ihn erinnern wird – nicht daran, wie die Dinge sein könnten, sondern daran, wie sie in Wirklichkeit sind.

In keiner seiner Fallen ist ein Tiger. Er hat Luft gefangen, Wolken, Feuchtigkeit, zwei Wallabys, eine Currawong-Krähe, ein Opossum mit Bürstenschwanz, ein Pademelon. Auch die Schlingen, die er untersucht, sind tigerfrei. Aus Vorsicht vor den Nationalparkjungs, die ebenfalls auf der Jagd sind, sieht er zu, daß er sich möglichst unsichtbar bewegt. Wo immer es geht, hält er sich an hochgelegenes, felsiges Gelände. Wenn er sein Lager abbricht, beseitigt er sogar noch die allerwinzigsten Spuren. In diesen schwierigen Tagen untersucht er nicht jede schlammige Stelle nach Abdrücken, und er wagt auch nicht vom Weg abzuweichen, um eventuelle Höhlen zu erkunden. Er legt keine weiteren Schlingen, und wenn er bei Einbruch der Dunkelheit auf einem Grasfleck Rast macht, legt er das Gewehr neben sich. Was er hauptsächlich tut, ist gehen: Er zwingt sich vorwärts, von A nach B und dann nach C. Er marschiert, und er schläft. Er geht davon aus, daß mit der Zeit – bei genügend Zeit –, ja, daß die Dinge sich mit der Zeit ändern werden. Auf mehr vermag er nicht zu hoffen.

Die Vorräte gehen ihm aus, bis schließlich nur noch eine halbe Tüte mit Energieriegeln und eine Handvoll Mungobohnen übrig sind. Obwohl es noch weit ist bis zum Weg, der den Steilhang hinunterführt, macht er sich keine Sorgen. Er weiß, daß ein Mensch dreißig Tage nur mit Wasser überleben kann. Er verbringt eine lange, windstille Nacht unter einem vollen Mond, der die Welt um ihn herum in ein geisterhaftes stahlblaues Licht taucht und alles deutlicher konturiert, so als bestünde die Landschaft aus lauter Rasterpunkten auf einem Monitor. Am nächsten Morgen steht sein Entschluß fest: Er wird seine Suche nicht abbrechen, er wird nicht umkehren. Wohin soll er denn auch gehen? Nein – lieber bleibt er, wo er ist, wo er wenigstens sicher und allein sein kann.

Hunger beschleicht ihn, kriecht in seinen Magen und macht sich deutlich bemerkbar. Die Sorge um sich selbst liegt ihm eigentlich nicht, aber er macht sich die beiden Möglichkeiten klar: Entweder er schießt, brät und ißt irgendwann ein Wallaby, oder er erträgt den wachsenden Hunger. Es könnte natürlich sein, daß einer von der Nationalparktruppe ihn zufällig entdeckt, vielleicht sogar den Schuß hört oder den Rauch des Feuers sieht, aber das Risiko muß er eingehen. Und wenn das so ist, denkt er, warum dann nicht gleich?

Graue Dämmerung. Ein fettes Wallaby kommt in Sicht, M. legt an und streckt es mit einem Schuß nieder. Er stellt fest, daß es sich um ein ausgewachsenes männliches Tier in gutem Zustand handelt. An Ort und Stelle häutet er den Kadaver, weidet ihn aus und entfernt auch die Geschlechtsdrüsen, damit sie ihm nicht die Mahlzeit verderben. Ja, das Fleisch selber ist passabel: fest, sauberer Geruch (riecht wie Fleisch), keine Deformationen an Muskeln, Knochen oder Gelenken, keine Blutungen oder Prellungen. Er prüft den Brustkasten, sucht nach Knötchen. Er fährt mit den Händen tief in die Brusthöhle und entdeckt zwei Drüsen, von denen eine größer und körniger als die andere ist. Eine geschwollene Drüse ist kein gutes Zeichen, wie er weiß. Er hält inne, um zu überlegen, ob er nach all der Mühe, nach dem verräterischen Schuß das Ding wegschmeißen und von vorne anfangen soll. Eine einzige Drüse, sagt er sich hungrig und listig, was ist schon eine Drüse – nichts ist vollkommen.

Er trägt Fell und Gerippe an eine verborgene Stelle im Gebüsch und breitet alles auf einem Stein aus; den Rest überläßt er den Teufeln. Binnen kurzem hat er etwas Feuerholz gefunden, trockene Zweige und festes, totes Gras ebenso wie ein paar längere, dickere Stöcke. Die größeren Stöcke schneidet er mehrmals ein. Mit seinem Messer fährt er so tief in ihr trockenes Inneres, daß sie danach wie gefiederte Totempfähle aussehen. Er ist froh, daß es an diesem Tag nicht geregnet hat. Als er fertig ist, holt er einen kleinen Wattebausch aus seinem Rucksack und streicht mit seinem Messer – nur einmal, sehr fest – über das Zunderklötzchen, das an seinem Gürtel hängt, und beobachtet, wie die Funken überspringen und die Watte zu schwelen beginnt. Vorsichtig legt er den kostbaren Bausch in seine Feuerholzpyramide, ein Gottesdiener bei der Opferung. Es ist windstill, und wieder ist er dankbar: Er wird sein Feuer bekommen, und die Rauchsäule wird durch keine Brise fortgetragen. Er spießt kleine Fleischstückchen auf einen grünen Stock und befestigt sie mit

Draht. Während das Fleisch brät, sitzt er am Feuer, und die Wärme beruhigt ihn. Er wird schläfrig. Wie lang ist es her, daß ich zuletzt etwas gegessen habe? überlegt er. Seit ich zuletzt geschlafen habe? Als sich keine Antworten einstellen, schiebt er die Fragen mit einem Achselzucken beiseite.

Endlich ist das Fleisch soweit. Einige Stücke sind verkohlt, andere zäh und blutig-rosa. Er nimmt ein paar Bissen und packt den Rest in einen Plastikbeutel, den er in der Rucksacklasche verstaut. Er hat zwar keine Lust dazu, fast ist es ihm sogar lästig, aber er sollte jetzt unbedingt das Lager abbrechen und sich von der Feuerstelle entfernen. Sich an einem sicheren Ort verstecken. Er muß noch warten, bis er mehr von dem Fleisch essen kann. Erst wenn die verspeisten Stücke gut vier Stunden in seinem Magen gelegen haben und erst wenn der nicht revoltiert, kann das Fleisch als unbedenklich gelten. Also macht er sich auf den Weg. Er marschiert, umgeht Hindernisse, erinnert sich: an die Gruppe mit den vier Eukalyptusbäumen, an den großen Stein mit dem schwarzen Flechtenmuttermal, das aussieht wie England. Der Weg ist einfach, er führt durch ein ebenes, sumpfiges Gelände zwischen zwei niedrigen Hügelkämmen, und er hat schon eine beträchtliche Strecke hinter sich, als sein Magen sich plötzlich spürbar zusammenkrampft. Nimm den Rucksack ab. Ja, es passiert wieder, aber diesmal nicht so heftig. Er fragt sich, ob es sich vielleicht gar nicht um eine Lebensmittelvergiftung, sondern schlicht um eine Hungerattacke handelt. Ist es Hunger? Ja, es könnte Hunger sein. Wenn es Hunger ist, dann sollte er essen. Er beschließt zu essen. Das lauwarme Fleisch schmeckt gut, salzig. Er hat Appetit auf mehr, und so ißt er noch mehr. Er ißt, bis er satt ist.

Er spült seine Hände in etwas nachtkaltem Wasser ab und sieht sich dann nach einem geeigneten Schlafplatz um. Eine Stelle mit weich wippendem Farn verlockt ihn, doch er weiß, daß er nicht allein ist und der plattgedrückte Farn ihn am nächsten Tag verraten würde. Gib dir mehr Mühe. Er findet einen überhängenden Felsen, und seinen Rucksack, der nach Fleisch stinkt – ein Magnet für Teufel und andere Bewohner der Nacht –, benutzt er als Ruhepolster. Er lehnt sich dagegen, langt nach unten und zieht seine Stiefel aus, befreit seine schwieligen Füße. Wie unglaublich leicht sie sind, denkt er und bewegt die Knöchel hin und her, so dünn und bleich und leicht. Bevor er in seinen Schlafsack kriecht, schafft er es gerade noch, seine Position auf der entsprechenden Luftaufnahme einzutragen. Es ist unnötig, aus Stöcken einen Pfeil zu legen, denn wer weiß, welche Richtung er am nächsten Morgen einschlagen wird.

Nicht weit von ihm schnaubt und grunzt ein Teufel. Aber M. läßt sich nicht stören. Er rückt dem Abgrund des Schlafs immer näher, rückt mit jener Entschlossenheit vor, die sich in den Gesichtern der Boten des Schlafs, der Nachtwandler, findet, und er läßt sich von den Geräuschen der Nacht dorthin führen.

*

Er hält sich mit Absicht hungrig, und nur wenn es unbedingt sein muß, holt er sich ein Wallaby aus einer seiner Fallen und brät es. (Wie würde ein Beuteltiger wohl schmecken? überlegt er eines Nachts, während er an einem zähen Stück Wallaby kaut. Nach Hund? Ein verrückter Gedanke, und rasch läßt er ihn fallen.) Er beschließt, daß Hunger das einzige ist, was ihn bei wachem Verstand hält. Borstige Haare wachsen ihm im Gesicht, und er reibt gern über die Stoppeln, fährt mit der Hand hin und her und spürt den Widerstand. Und Wochen später entdeckt er eine weitere neue Gewohnheit an sich: Er folgt nicht mehr dem Rhythmus von Tag und Nacht, sondern schläft, wenn er den Drang danach spürt. Dann legt er sich für ein paar Stunden irgendwo hin, ganz gleich, ob es hell oder dunkel ist. Wie Napoleon, denkt er, der immer nur vier Stunden am Stück schlief... Ha, ha, ja, wie Napoleon... Er füllt die Knopfgrasebene mit dampfenden Rössern, aufspritzendem Schlamm und dem ganzen blutigen Chaos eines Kriegs...

Wochenlang tut er kaum etwas anderes, als nach Nahrung und Schlafplätzen zu suchen, er atmet, pumpt Blut durch den Körper und sieht zu, wie die Wolken sich formieren und auflösen. Und im Laufe dieser Wochen arbeitet sich eine tief verborgene Melancholie – die Bukolie – bis zur Schwelle seines Bewußtseins hoch – wie eine Kugel oder ein Splitter, die langsam aus einer Wunde herauseitern. Seine Zuneigung zu Lucy und den Kindern hält er jetzt für eine Verirrung, für einen Aussetzer seines Urteilsvermögens, und seine Zukunftsvision vom glücklichen Altwerden in einem blauen Sandsteinhaus erscheint ihm fast lächerlich: Er ist doch kein sentimentaler Mensch, sagt er sich, ist es nie gewesen. Das liegt nicht in seiner Natur. Und außerdem spielt es ohnehin keine Rolle, was er sich erhofft hat, denn Hoffen ist nichts anderes als eine Übung in der Kunst der Selbsttäuschung. Alles Hoffen der Welt kann nicht festlegen, in welche Richtung ein Vogel fliegen oder ein Blatt fallen wird. Die Dinge sind, wie sie sind, und das ist alles. Ja, davon kann er jedenfalls ausgehen. Doch im Laufe der Zeit, während all der Tage und Nächte, der Nächte und Tage, in denen er wacht und schläft, löst sich selbst diese felsenfeste Gewißheit auf und verschwindet.

Ganz allmählich fällt alles Unwesentliche von ihm ab. Was übrigbleibt, ist eine bemerkenswerte Klarsicht, als hätte die Sonne die ganze Zeit nur mit halber Kraft geschienen oder, schlimmer noch, wäre überhaupt nicht aufgegangen. Oder aber, als wäre er selbst der Blinde gewesen, mit tausend Schuppen auf jedem Auge. Jetzt begreift er, daß er geprüft, gestählt und gelockt worden ist. Er begreift, daß sein eigentliches Ziel dasjenige ist, das er sich von Anfang an gesetzt hat: Er will Jäger sein, den Tiger erlegen. Was denn sonst? Wir alle wissen doch, wofür wir bestimmt sind, denkt er, es ist immer ganz einfach. Nur die Narren unter uns lassen sich von ihrem Weg abbringen.

Und so bricht er denn auf – marschiert ein weiteres Mal los, mit dem vertrauenerweckenden Gewicht eines Gewehrs in der Hand. Er kennt sein Ziel. Er wird ein paar Fallen hinter dem Kiefernwald entfernen und nach Nordosten wandern. Abenddämmerung, und er beobachtet die umherstreifenden Tiere; allmähliche Morgendämmerung, und er tut dasselbe. Um sich wieder mit dem Tiger vertraut zu machen, läßt er sich auf die Knie nieder und kriecht mit weit heruntergeklappter Kinnlade über einen Streifen offenen Geländes, bis seine aufgescheuerten Handflächen zu schmerzen beginnen, dann steht er lieber wieder auf. All dies geschieht mit großer Leichtigkeit, und weil es so leicht ist, weiß er, daß es richtig ist.

Nanu! Seine neugeborenen Augen überraschen ihn: Mitten in der Luft hängt ein abgetrennter Opossumkopf, eine wahnsinnige Cheshire-Katze. Schwarze Fliegen umschwirren ihn, rote, weiße und violette Ranken baumeln von der Halskrause aus graubraunem Fell: Dieses Werk stammt nicht von ihm. Er registriert zwei Holzpfähle, jeder einen Meter lang, die zu beiden Seiten des Wegs in die Erde gerammt sind. Und an diesen Pfählen sind kurz über dem Boden zottige Rankenbüschel befestigt. Und was ist darunter? Das kann er nicht genau erkennen. Sieh dich um. Weiter vorn auf dem Weg steht ein schwarzer Holzkasten von der Größe einer Obstkiste und mit einem überstehenden, schrägen schwarzen PVC-Deckel. Die Öffnung des Kastens zeigt auf den aufgehängten Opossumkopf. Ein schwarzes Kabel, das nur nachlässig mit einer lockeren Erdschicht und trockenen Blättern bedeckt ist, schlängelt sich von der schwarzen Kiste zu einem der Holzpfähle. M. sammelt eine Handvoll kleiner Steine und tritt seitwärts ins Gebüsch. Er wirft die Steine gegen den Opossumkopf – *Blitz! Klick-klickkk, ssrrr.* Eine Infrarotkamera-Installation, Porträts mit aufgerissenen Augen und kein Pardon. Dieses Mal werden sie einen Geist sehen.

Aufgrund des traurigen Zustands des Opossums schätzt er, daß der Köder vor zwei oder drei Tagen ausgelegt wurde, vielleicht auch vor vier Tagen oder noch mehr. Er umgeht den Infrarot-Stolperstrahl und untersucht die Kiste. Drinnen findet er eine Kamera mit Motoraufsatz und Langfilmmagazin, dazu eine Blitzleuchte und zwei parallel geschaltete Zwölf-Volt-Batterien. Ein Aufbau, der ihm vertraut ist, ein recht archaischer für seinen Begriff, und er vermutet, daß die Nationalparktruppe etwas damit zu tun hat. Ja, auf der Unterseite der Kiste klebt eine kleine Plastikplakette, die sie als Eigentum des Nationalparks ausweist, Seriennummer 303A. Er weiß, daß solche Batterien spätestens alle zwölf Tage neu aufgeladen werden müssen, weswegen er schätzt, daß er mindestens die nächsten paar Tage nicht mit Gesellschaft rechnen muß.

Er sucht nach weiteren Spuren seiner neuen Rivalen und findet eine Menge: einen kleinen niedergetretenen Eukalyptusschößling, zerkratztes Moos auf einem umgestürzten Baumstamm, einen geknickten grünen Zweig in Schulterhöhe. Diese Männer bewegen sich sehr unbekümmert, ohne Angst, entdeckt zu werden. Ein Blick auf seine Karte zeigt ihm, daß sich ganz in der Nähe ein hübsches Fleckchen befindet, an dem er schon früher vorbeigekommen ist. Ein klares, rundes Wasserloch, wie ein großer Teich oder Brunnen, gesäumt von flachen Felsen und Eukalyptusbäumen als Schattenspendern. Der Ort war ihm beim erstenmal als idealer Lagerplatz erschienen. Wenn ich jemand wäre, der wettet, denkt er, würde ich darauf setzen, daß ich dort die finde, die ich suche. Um sich die Zeit zu vertreiben, während er seine neue Beute verfolgt, stellt er ein paar Wetten auf, geht jede einzelne Möglichkeit durch und entscheidet sich dann für eine Wahrscheinlichkeit von zwölf zu eins. Für weniger wahrscheinlich hält er es, daß er irgend etwas Neues über seinen Tiger erfährt.

Aber wer weiß, denkt er, jeder Winkel will erkundet sein.

Und richtig, als er von einem großen Felsblock hinunterschaut, kann er zwei Figuren in Khakikleidung ausmachen, die sich um ein grell orangefarbenes Zelt bewegen. Von dort, wo M. steht, sieht das Zelt wie ein unförmiger Mutantenpilz aus. Der eine Mann, etwas größer als der andere – nenn ihn doch einfach Groß –, geht hinter einen Baum, um zu pinkeln, und ahnt nicht, daß sein Bemühen um Diskretion dem Publikum freie Sicht beschert. M. beobachtet, wie er ungewöhnlich lange mit seinem Schwanz in der Hand dasteht, bis er ihn schließlich schüttelt und wegsteckt. Die Abenddämmerung bricht herein, und die beiden Männer zünden einen Benzinkocher an: ein brennender Lichtpunkt, ein winziger, erdgebundener Stern. Das Wasser schimmert. Im Schutz der Dunkelheit schleicht M. sich näher an das Lager heran, sehr leise und gegen den Wind. Gegen den Wind! Der süße, muffige Geruch nach Marihuana ist nicht zu verkennen, nur ein Mensch ohne Nase würde ihn nicht bemerken.

Da sitzen sie vor dem Benzinkocher, die Jungs vom Supermarkt, gegen ihre Rucksäcke gelehnt und die Mützen tief in die Stirn gezogen. Ja, jetzt erkennt er sie deutlich – die Unsterblichen. Klein bereitet auf dem Kocher irgendein Fertignudelgericht zu. M. rückt noch näher, versteckt sich, verharrt regungslos. Er lauscht eine ganze Weile, aber die Jungen reden kaum, und wenn doch, verschlucken sie die Wörter, sind kaum zu verstehen. Nach dem Essen bricht Groß irgendwann in lautes Lachen aus, kann gar nicht aufhören, und Klein wird angesteckt und muß mitlachen. Sie amüsieren sich prächtig, denkt M., werden dafür bezahlt, daß sie hier oben sitzen und lachen. Er entdeckt, daß sie zwischen zwei Bäumen eine Hängematte ausgespannt haben, und hoch oben in einem anderen Baum ist eine ausgebeulte Plastiktüte für Müll befestigt. Das ist gut. Also, vermutet er, haben sie vielleicht gar nicht nach dem Tiger gesucht. Sie hängen hier auf dem Lagerplatz rum und machen nur das Allernötigste, wozu vermutlich die Kontrolle der aufgebauten Kamera gehört. Er sieht zu und wartet, bis Groß sich mit einemmal hochrappelt, eine Taschenlampe anknipst und das Zelt öffnet. Klein folgt ihm. Der Lichtkegel tanzt noch einen Moment im orangenen Zelt umher und verlischt dann.

M. kommt der Gedanke, daß er die beiden Jungen, wenn er wollte, im Schlaf töten könnte. Er müßte sich nur an das Zelt heranschleichen und das Feuer eröffnen. Es würde einfach sein. Sich aber nicht lohnen – ehe er seinen Tiger nicht hat, muß er sich wie ein Geist bewegen. Nichts darf ihn aufhalten. Nur wenn die Jungs sich als reale Bedrohung entpuppen sollten, müßte er unter Umständen mit solch einem Schritt seine Jagd gefährden. Aber soweit ist es noch nicht. Mit diesem Gedanken kehrt er der Behelfshazienda den Rücken und macht sich auf den Weg zu seinem eigenen Schlafplatz, den er sich schon bei Tageslicht gesucht hat. Und als ihm die Müdigkeit in die Knochen kriecht, beginnt er zu zählen, um wach zu bleiben.

Bike, der Junge, der zählt. Nichts von alledem, begreift M., läßt sich vergessen. Er kann versuchen, die Vergangenheit wegzuschieben. Der Körper erneuert in etwa sieben Jahren sämtliche Zellen, aber irgendwie überlebt das Gedächtnis, bleibt erhalten. Bike, der

Junge, der zählt – was macht er jetzt wohl? Wo schläft *er*? Liegt er nachts in einem fremden Raum wach, mit einem Plakat an der Wand, das er nicht mag, und wartet mit offenen Augen auf den Morgen? Und was bringt ihm der Tag: Spott auf dem Schulhof – deine Mutter ist in der Klapsmühle – und nach der Schule, was dann? Eine Pflegemutter, die zögert, bevor sie ihn berührt. Eine neue Schwester, ein neuer Bruder, die ihn beiseite nehmen und daran erinnern, daß er niemals im Leben einer von ihnen sein wird?

Um diese quälenden Phantasien loszuwerden, stürzt M. sich in die unmittelbare Gegenwart: Beim Einatmen beruhige ich mich, beim Ausatmen lächle ich, ich lebe im Hier und Jetzt, bin glücklich im Hier und Jetzt. Er glaubt nicht an dieses Mantra, wiederholt es aber immer und immer wieder, weil es den Schmerz betäubt.

*

Die Observation der Hazienda wird fortgesetzt. Wie er sich gedacht hat, vertreiben die Jungen sich den Tag mit Rauchen und Herumlungern: Klein wirft eine Angelschnur in den See und wartet auf Godot. Nachts schleicht M. sich ganz nah heran, um ihre Unterhaltung zu belauschen, und diesmal ist er verwegener, da er weiß, wie zugedröhnt die Jungs sind. Er verläßt die Deckung der Felsen, ist auf einer Strecke von etwa zehn Metern gut zu sehen und bewegt sich mit der Selbstsicherheit eines Ladendiebs, da er darauf vertraut, daß die beiden ihn nicht hören, sich nicht umdrehen. Geschafft! Er ist jetzt so nah, daß er die Buchstaben auf einer weggeworfenen Nudelpackung lesen kann: Fettucine Boscaiola. Fettucine Boscaiola... Nichts passiert. M. stellt fest, daß er immun gegen die Freuden eines warmen italienischen Essens ist.

Verwundert zählt Groß sämtliche ihm bekannten Hollywoodschauspielerinnen auf, die Tittenjobs gemacht haben. Als er bei Helena Bonham-Carter ist, unterbricht Klein ihn, sagt, das sei nicht wahr. Groß bleibt dabei, Klein schüttelt den Kopf. Schließlich einigen sie sich darauf, daß sie uneins sind. »Zwanzig Dollar«, wettet Klein. »Einverstanden«, sagt Groß. Und weiter geht's... Werden sie den Beuteltiger auch nur einmal erwähnen? Kommt er ihnen überhaupt in den Sinn? Während M. so im sicheren Versteck sitzt und die zwei Trottel ausspioniert, dämmert ihm allmählich, daß er seine Zeit verschwendet. Die Nacht ist so schwarz, die Hochebene so gewaltig, und die Sterne sind so zahlreich, daß ihm alles, was er sich noch einfallen lassen könnte, um den Tiger zu finden, hoffnungslos dürftig erscheint. Soll er die Jungen jetzt gleich ihrem Geschwätz überlassen? Er hätte Lust dazu, aber er weiß, daß es sicherer ist, erst dann zu gehen, wenn sie eingeschlafen sind. Geduld, ermahnt er sich, hab Geduld.

Hab Geduld, ermahnt er sich, als Klein zwei Stunden später eine wüste Tirade gegen Darwin und seine gefährlichen Ideen vom Stapel läßt... M. verschwindet, sobald es geht.

Er hat Fallen aufzustellen, Dinge zu erledigen. Es tut gut, sich nach all der Sitzerei wieder zu bewegen. Er schwingt die Arme beide gleichzeitig vor und zurück, als würde er die Umrisse eines Kanus in die Luft zeichnen. Er dehnt seine Achillessehnen, bis ein leichter

Schmerz ihm zeigt, daß er am Leben ist. *Huuuh*, sein Atem ist silbrigweiß. Und los geht's. Als die Vögel erwachen und die Gewässer sich für einen Moment rosa färben, liegt das kleine Zelt schon hinter ihm. Es regnet, hört wieder auf. Soll er schlafen? Ja, er beschließt, daß ein paar Stunden Schlaf vor dem langen Tag, der ihn erwartet, vernünftig sind. Er hält Ausschau nach einem geeigneten Platz und hat bald einen gefunden: einen abgestorbenen Baumfarn mit schlaff herabhängenden Wedeln, die ein natürliches Zelt bilden. Kriech drunter, roll dich ein.

Selbst im Schlaf ist M. alarmbereit, wacht wie Argus über sich. Plötzlich ist da ein Geräusch, sehr weit entfernt und kaum hörbar. Und da es unvertraut klingt, regt sich sein Wächter, versucht, den Laut zu dechiffrieren, und als er den Code nicht knacken kann, langt er ganz tief nach innen, um seinen Schutzbefohlenen wachzuschütteln. Was ist das? Träume ich? Ein Maschinengeräusch: sehr hoch und durchdringend. Dann ist es vorbei, ohne eine Spur zu hinterlassen, als hätte es nie existiert. Er möchte gerne glauben, daß es nie existiert hat, und noch vor wenigen Tagen hätte er sich leicht dazu überredet. Aber nicht jetzt, nicht heute, und so versucht er, während er dort unter den Farnen liegt, die Herkunft des geheimnisvollen Geräuschs zu bestimmen. Wenn ich ein Beuteltiger wäre, denkt er, würde ich es wie von einer Neonreklame ablesen können. Am Ende bringt ihn allerdings nicht sein Gehör, sondern sein Verstand auf die Spur: Das Maschinengeräusch kam von Osten, nicht von Westen, die Jungen haben ihr Lager im Osten, folglich kam das Geräusch aus dem Lager der Jungen. Ah! Ein Satellitenkommunikationssystem! Also schnell hoch – vielleicht ist eine Nachricht über den Tiger durchgegeben worden!

Als er den Lagerplatz erreicht, haben die Jungen zusammengepackt und sind weitergezogen. Das erregt ihn. Er folgt ihrer Spur; sie scheinen schnell voranzukommen, und die Richtung, die sie eingeschlagen haben, überrascht ihn. Wenn sie noch lange diesen Kurs beibehalten, werden sie das Terrain des Tiers verlassen und neues, unvertrautes Gelände betreten. Er erinnert sich: Alle Tiere verhalten sich grundsätzlich unvorhersehbar, sie sind ein Mysterium und kein Rätsel, das gelöst werden kann. Ein ernüchternder Gedanke: Ich hätte nie gedacht, daß ich in diese Gegend kommen würde. Als er müde wird, hofft er, daß die Jungen endlich Halt machen und rasten. Es wird Mittag, und er sieht weit und breit keine abgelegten Rucksäcke, und der Nachmittag verläuft kaum anders. Sie müssen ganz besessen sein, denkt er und eilt weiter.

Abenddämmerung. Bald muß er auf sie stoßen. Nacht. Endlich hört er etwas. Weiter vorn flackert ein Licht zwischen den Bäumen: der Benzinkocher. Jetzt ganz, ganz leise. Pirsch dich heran.

»Ich sterbe vor Hunger«, sagt Klein und rührt in einem Topf. »Riecht gut.«

»Du teilst, und ich wähle«, sagt Groß.

»Gut, okay.«

»Hände hoch!« sagt Groß und richtet ein Gewehr auf Klein.

»Leg das Ding weg.«

Groß versucht, den Gewehrkolben auf seiner ausgestreckten flachen Hand zu balancieren. M. erkennt, daß es ein großkalibriges Betäubungsgewehr ist.

Klein häuft etwas von den Nudeln auf den Topfdeckel. »Da.«

»Weißt du was«, sagt Groß, »selbst wenn ich das verdammte Ding finden würde – ich würde es, glaub ich, trotzdem nicht einfangen.«

»Ich weiß.«

»Ich würde es bei der Schnauze packen und seine Nase scharf nach Westen drehen und dem armen Ding sagen, es soll rennen, so schnell es kann.«

»Aber vorher machst du ein Foto.«

»Klar, ich würde ein gutes Foto machen und es für ein paar Riesen verkaufen. Und dann ab nach Indien.«

»Mensch, klar, das bringt einen Haufen Kohle. Ich würde nach Chiang Mai fahren.«

»Chiang Mai?«

»Ja, Chiang Mai.«

»Okay, einverstanden, wer das Foto macht, teilt das Geld auf.«

»Okay, ist nur fair.«

»Also abgemacht?«

»Abgemacht, Bruder.«

Vier lange Tage marschieren die drei nach Südosten. Seine geomorphologischen Karten helfen M. nicht mehr weiter (für den Rückweg muß er sich alles gut merken), und er überschreitet eine weiße Grenze, die das leere Ende der Welt ankündigt. Aber die nächste Welt hat genau dasselbe im Angebot: Er steht in einer mit Flechten überwucherten großen Steinwüste, hinter der ein weiterer Höhenzug mit Krüppelwald liegt. Während er eine neue Landkarte studiert, auf der Baumgruppen, Höhenlinien und Berggipfel nur halb so

groß eingezeichnet sind und weitere Details gänzlich
fehlen, so daß Platz für jene Meeresdrachen bleibt, die
von alten Kartographen so geliebt wurden, denkt er an
den Beuteltiger und wie er wohl gewandert sein mag.
Das räumliche Gedächtnis ist, wie M. weiß, genetisch
bedingt, genetisch, aber auch erlernt. Vielleicht ist er
hier vor Jahren schnüffelnd an der Seite seiner Mutter
entlanggetrollt. Welches sagenhafte Zusammenspiel
der Sinne erlaubt ihm wohl, sich ohne Karte zurechtzu-
finden? Wenn ich – Gott behüte – in meine Heimatstadt
zurück müßte, würde ich mich dann auch, nur mit
Hilfe des Gedächtnisses, zurechtfinden? Zur Übung
reist er zurück in das Haus seiner Kindheit, tritt auf die
Veranda, geht links die Straße hinunter, bei den Smiths
und den Tormeys vorbei, erreicht den Eckladen, biegt
nach rechts, Richtung Schule, in die Claremichael-
Straße, kommt zu der Kirche, überquert den leeren
Parkplatz... bis er bei dem braunen Holzzaun ist, der,
Pfahl für Pfahl, siebenundzwanzig sind es insgesamt,
direkt zum Schultor führt.

Die Jungen bewegen sich noch immer völlig unbe-
kümmert um mögliche Verfolger; so wie es der natür-
liche Lauf der Welt will: Kühe werden auf der Weide
von Vögeln beschattet, Zeltwanderer haben Teufel im
Schlepptau. Sieh dir das bloß an! Ein erdig-brauner
Stiefelabdruck mitten in einem Pflanzenkissen; nicht
vergrabene Scheiße, wie Steinhaufen überall verstreut.
Sie marschieren immer weiter, bis sie schließlich ihre
Hängematte aufspannen und es sich gemütlich machen.
Sieh genau hin. Klein kocht die Nudeln, und Groß ruft:
»Aloha Chiang Mai!« Heute abend ist M. hungrig –
alles was er in vier Tagen gegessen hat, waren ein paar

rohe Eier, die er aus einem Nest genommen hat. Früh am nächsten Morgen gehen die Jungen auf die Suche und lassen die Rucksäcke zurück. M. nutzt die Gelegenheit, er durchsucht ihr Lager, geht ihre Sachen durch. Die Essensvorräte reichen schätzungsweise noch für eine weitere Woche, und er fragt sich, ob sie umkehren werden oder Nachschub erwarten. Er stiehlt ein Stück Hartkäse, ein paar Energieriegel und eine Tüte Trockenfrüchte, und es kümmert ihn nicht, daß ihr Fehlen auffallen könnte. Im orangenen Zelt sucht er nach dem Gewehr und der Kamera, wird aber nicht fündig. Schnell, schnell – mach dich davon. Er setzt sich unter einen Felsvorsprung und knabbert am Käse, wälzt ihn im Mund herum. Von Hunger getrieben, haben Forscher in früheren Zeiten ihre Kleider gegessen; andere überlebten dadurch, daß sie einander Blut abnahmen und das Blut aus einem Schuh tranken. Er bewundert, was andere Männer aushalten konnten, kaut.

*

Tagsüber suchen die Jungen nach dem Tiger. M. jagt und sieht zu, daß er den beiden ebenso aus dem Weg geht wie möglichen anderen Nationalparkleuten, die vielleicht noch hier aufkreuzen. Und seine Tigerin, was macht die? Lebt, atmet, frißt und sucht Unterschlupf... M. vermutet, daß ihr neuerworbener Ruhm sie gleichgültig läßt.

Er findet einen Tigerbau. Genaugenommen weiß er nicht, ob es sich um einen Bau handelt, da die Zoologen sich seit jeher nicht einig sind, ob Beuteltiger ihre Beuteljungen tatsächlich an einem festen Ort aufgezogen

haben. Aber zumindest weiß er, daß er einen Unterschlupf gefunden hat, eine sichere Zuflucht. Und je länger er die Stelle untersucht, desto aufgeregter wird er.
Die zwei schrägen Wände des Baus (des Baus, er
möchte es gerne Bau nennen) bestehen aus zwei seltsam
geformten Eisensteinfelsen, der eine brusthoch, der andere noch höher. Beide sind so verkantet, daß kein Regen eindringen kann. Von vorn sieht es aus, als sei die
Felsspalte klein und nicht sehr tief, was aber nicht
stimmt. Die schmale Öffnung ist nur die Spitze eines
Dreiecks, und der Bau zieht sich in V-Form zwei Meter
in die Tiefe, bis er am Ende auf einen hohen Erdwall
stößt. Die unscheinbare Öffnung ist selbst wiederum
durch Gebüsch und herabgestürzte Felsbrocken gut
getarnt. Er hat ihn nicht sofort gefunden, diesen Bau,
kein geheimnisvoller sechster Sinn, kein Sirenengesang
hat ihn dorthin gelockt. Es waren Knochen, zarte Vo-
gelknochen, Wallabyschädel und ein ganzer Berg Na-
getierknochen, fünfzehn Meter von der Höhle entfernt
unter einem Felsvorsprung. Sie waren der erste Hin-
weis darauf, daß sich ein Tiger hier herumgetrieben haben könnte. M. hatte die Umgebung gut vier Stunden
lang untersucht und dabei jedes Gefühl für Zeit (vier
Stunden? Vielleicht fünf oder sechs) verloren. Beflügelt
hatte ihn der Fund eines festen, trockenen Kothaufens,
der von seiner Tigerin stammen konnte oder auch
nicht. Immerhin gab es frisches Wasser und Tiere zum
Jagen in erreichbarer Nähe (sämtliche Indizien waren
versammelt). Nachdem er auch den letzten Stein umge-
dreht hatte, steckte er schließlich seinen Kopf in die
Felsspalte, und – siehe da! Aladins Höhle!
Das Tageslicht reicht für eine gründliche Untersu-

chung. Mit den Knien auf der gut festgestampften Erde erschnüffelt M. die unterschiedlichen Luftschichten und schließt allein aus dem Geruch, daß dieser Bau noch in jüngster Zeit eindeutig von einem Tier bewohnt worden ist. Sein erster Schatz: Haare. Eine Auswahl kurzer, harter, brauner Haare, einige etwas hellere Haare derselben Länge und ein einzelnes längeres, dunkleres Haar, das von einer Schwanzspitze stammen könnte. Sein zweiter Schatz – ganz hinten in einer Ecke verborgen und von seiner Taschenlampe angestrahlt –, sein zweiter Schatz ist von derart sensationeller Schönheit, daß er ihn berührt, wie er den heiligen Gral oder sein erstes Kind berühren würde. Knochen eines Jungtiers, bleich, sauber und unangetastet, seit das Geschöpf sich zum Sterben hingelegt hat: Der schmale kleine Schädel hat sich in einem eigenartigen Winkel von den Nackenwirbeln gelöst, dazu ein Häufchen Zähne. Es kann kein Junges seiner Tigerin sein, dazu ist die Verwesung zu weit fortgeschritten, eher handelt es sich um die Überreste einer unbekannten Großtante oder eines Onkels. Sucht die Einsame sich also hier ihre Gesellschaft? M. fährt mit dem Finger über das kräftige, geschwungene Rückgrat, dann legt er sich, Auge in Auge mit dem Schädel, in spiegelbildlicher Haltung auf den Boden und stellt sich einen Moment lang vor, auch er würde hier, in dieser Höhle, verrotten. Irgendwann, Jahrzehnte später, würde ein unerschrockener Forscher die Skelette entdecken und über die Beziehung zwischen den beiden nachgrübeln.

Er wird sich auf die Lauer legen. Ja, das wird er. Nachts wird seine Beuteltigerin ihre Beute jagen, und eines Tages wird sie auf der Suche nach Schlaf und Gesellschaft in ihren Bau zurückkehren. M. wird sich zwischen den Felsen sein Heim einrichten, den Boden mit warmen Wallabyfellen auslegen. Ja, denkt er, ich könnte mich hier ziemlich wohl fühlen.

Er wird alt.

Er schnitzt jetzt gerne Muster in die Knochen aus dem Versteck in der Nähe und benutzt dazu nur die Spitze seines Messers. Das ist komplizierteste Feinarbeit, die gut zur Kunst des Wartens paßt. Mit der Zeit hat er eine ganze Kollektion beisammen, die er hinten in der Höhle wie Zaunpfähle aufreiht. Und wenn ihm draußen ein roter Farbtupfer auf einer Feder oder – ganz selten – eine blühende bunte Wildblume ins Auge springt, dann nimmt er sie mit in seine Höhle, um sich daran zu erbauen. Er läßt seinen Bart wild wuchern. Während eines schweren Sturms kommt er zu der Erkenntnis, daß das Wort Regen die verschiedenen Arten von Niederschlag so unzulänglich beschreibt, daß es nachgerade unbrauchbar ist. Und aus Spaß erfindet er neue, bessere Wörter, z. B. »Apitrition«: Wenn ein gleichmäßiger Dauerregen sich in einer bestimmten Gegend kurzzeitig intensiviert, ehe er wieder auf sein Normalmaß zurückfällt. Aber das Nachdenken über die Unangemessenheit der Sprache führt ihn auf gefährliches Terrain: Am Ende glaubt er fast, daß er nie mehr sprechen wird. Wie gewisse Mönche.

Während dieser Wartezeit erledigt er alles Lebensnotwendige mit professioneller Sorgfalt. Regelmäßig prüft er, was die Jungen machen. Und als er eines Tages entdeckt, daß ihr Lager verlassen, das Zelt verschwunden ist, überrascht ihn das nicht. Eine kurze Untersuchung zeigt, daß sie zurückkehren werden: Sie haben ihre Hängematte mit Ausrüstungsgegenständen vollgepackt und, gut geschützt, hoch oben in die Astgabel eines Baums gehängt. Gut, es freut ihn, daß sie weg sind. Jetzt kann er sich jederzeit sein Fleisch braten, ohne befürchten zu müssen, daß der Geruch ihn verrät. Fleisch, der glückliche Metzger gegenüber vom Ye Old Tudor Hotel – keine Sekunde lang beneidet M. seine Rivalen um ihren Erholungstrip in die Stadt.

*

Er schläft zusammengerollt in dem Bau. Heute leuchtet der Himmel in einem starken, kräftigen Blau, und die Welt ist befriedet. Es ist ein Tag der Klarheit. Er schläft jetzt schon mehrere Stunden, schläft ohne zu träumen, Zellen zerplatzen, und die Aufräumzellen eilen herbei, um den Schlamassel zu beseitigen.

Schlaf also.

Und weil er der Naturmensch ist, der mehr sehen und hören und riechen kann als andere Menschen, wird sein Schlaf behelligt und gestört. Als er die Schwelle zum Bewußtsein überschreitet, merkt er, daß er etwas hört, irgendein Rascheln draußen, eine Bewegung. Und weil er ein gewissenhafter Jäger ist, entwickelt er übermenschliche Kräfte, rollt sich auf den Bauch, steckt das Gesicht aus der Höhle und blickt sich um. Etwas verschwindet in Richtung des Knochenhaufens – er sieht noch das Hinterteil eines graubraunen, schwarzgestreiften Tiers von der Größe eines großen Hunds, aber klapperdürr und abgerissen. Sofort sind all seine Sinne hellwach. Die Sicht ist durch Blätter verstellt, aber das – das ist es – er weiß, was er gesehen hat...

Er kriecht aus dem Bau, das Gewehr über die Schulter gehängt. Draußen ist die Luft kühler, das Licht heller. Er weiß, was zu tun ist, und er weiß, daß er dazu fähig ist – ein Armeegeneral mit der Zähigkeit eines Fußsoldaten. Er bewegt sich, so schnell er kann, ohne sich zu verraten. Er paßt auf, daß er keine Steine ins Rollen bringt und nicht auf herabgefallene Äste tritt. Wenn er diesen Kurs beibehält, wird er von hinten zum Freßplatz des Tiers gelangen und ihm damit den wahrscheinlichsten Fluchtweg versperren. Er schätzt, daß die Tigerin vom Bau weg, nicht zum Bau hin rennen wird. M. möchte, daß sie auf *ihn* zu läuft.

Die Beuteltigerin liegt auf einer sonnenbeschienenen Felsplatte und schiebt ihren spitzen, wolfsähnlichen Kopf in die blutigen Überreste eines Wallabys. M. sieht fasziniert zu. Es ist das Wallaby, denkt er. Deswegen hat sie mich nicht gerochen – ihre Nüstern sind überwältigt. M. legt das Gewehr an die Wange, sein Finger klebt an dem kalten, stählernen Abzug. Doch noch beobachtet er. Das Tier unterbricht den Schmaus, streckt den Rücken und drückt die Hinterläufe durch. Dann läßt es sich wieder zum Fressen nieder. Was er sieht, ist schön und schrecklich zugleich. Er beobachtet die Szene mit derselben hingerissenen Aufmerksamkeit, mit der er einen Film betrachten würde, der die Geschichte seines eigenen Lebens erzählt, Vergangenheit und Zukunft. Dieser Schuß wird auf keinen Fall danebengehen. Er behält das Tier im Visier und weiß, daß er ein Mörder ist und daß auch er getötet werden wird. Ein Teil von ihm möchte einfach nur zusehen, vielleicht sogar weggehen. Doch ein anderer Teil hält ihn dort fest, gesammelt und bereit, und er merkt, daß dieser Teil von ihm der starke und echte ist.

Vielleicht war es ein Windhauch, so leise, daß er ihn nicht einmal gespürt hat, vielleicht aber auch ihr angeborener Überlebensinstinkt – was auch immer, jedenfalls fährt die Beuteltigerin plötzlich mit dem Kopf aus dem Kadaver und wittert heftig. Dann steht sie sprungbereit da, mit gesträubtem Fell, die abgerundeten Ohren aufgestellt. Ihr sehniger Körper ist angespannt, federt in den Gelenken. Bedächtig mustert sie die Umgebung, und M. bemerkt erheitert, daß ihr Blick ihn streift. Ihm pocht das Herz in der Brust, und er versucht, langsam und regelmäßig zu atmen. Doch dann starrt das Tier ihn plötzlich mit aufgerissenen Augen direkt an, M. sieht, wie sich sein gewaltiges Maul öffnet, und er hört ein scheußliches ersticktes, heiseres Gebrüll.

Er schießt in dem Augenblick, als sie zum Sprung ansetzt. Die erste Kugel trifft sie mitten in der Luft. Die zweite und dritte Kugel, schnell hintereinander abgefeuert, strecken sie nieder.

Und das war's.

Die ganze Welt ist explodiert; aufgeschreckte Vögel stimmen das Totenlied an. Er tritt aus seiner Deckung und läßt das Gewehr an seiner Seite baumeln. Die Tigerin hat ihm den Rücken zugekehrt, sie liegt zusammengerollt da wie ein schlafender Hund. Sie ist noch nicht tot. Wenn ich es nicht anders wüßte, denkt M., würde ich glauben, sie säugt ihr Junges. Er nähert sich vorsichtig, als könnte sie auf irgendeine wunderbare Weise noch auf ein zweites Leben zurückgreifen. Als er ganz nah ist, hört er sie wimmern, sieht, wie in Abständen ein Zittern durch ihren Körper geht. Und so wie er anfangs gezwungen war, nur zu beobachten, erscheint es ihm jetzt unmöglich, das einzig Richtige zu tun und ihr den Gnadenschuß zu geben. Die uralten Worte, die ihm früher vielleicht hätten helfen können, Worte, die groß genug sind für die schreckliche Schönheit der Tat, sind längst untergegangen, stehen nicht mehr zur Verfügung. Und so sagt er denn das Beste, was ihm einfällt, er flüstert nur: Du stirbst nicht allein.

Er umkreist die Tigerin ganz dicht, bis er ihr in die Augen sehen kann. Sie sind tief gelbbraun, und als er hineinschaut, merkt er, daß sie ihn nicht zu sehen scheint – ihre Augen sind blind und leer und sagen nichts. Ihr Maul ist aufgesperrt; schwarze, gummiartige Hautfalten verbergen einen rosabraunen Gaumen, im Gaumen sitzen belegte, ovale Zähne. Schnell und ohne nachzudenken legt er das Gewehr an und schießt ihr in den Kopf.

Er kniet sich hin und legt die Hand in das feine, weiche Fell, das die knochige Brust bedeckt – nichts. Um sich selbst zu testen, hält er zögernd eine Hand in das aufgerissene Maul und zieht sie sofort wieder ängstlich heraus. Sie ist mehr als ein Tier für ihn, mehr als ein Wallaby oder ein Pademelon, und er betrachtet ihren Körper so, wie er den Körper eines Freundes in der Leichenhalle betrachten würde. Es ärgert ihn, daß er mit einem Finger auf ihre feuchte Nase drücken und ihr die Augen schließen kann: Es kommt ihm so falsch vor. Sie sieht überhaupt nicht mehr aus wie das Geschöpf, das in seinem Bewußtsein existiert hat. Zwischen Leben und Tod liegt ein unüberwindbarer, unvorstellbarer

Abgrund. Verglichen mit dem Tod erscheint selbst ein Leben, das seinen Tiefpunkt erreicht hat – ein krankes, jämmerliches, stillgestelltes Leben –, immer noch äußerst vital. Die Reglosigkeit der Tigerin ist jetzt obszön.

Er weiß, was er zu tun hat. Um den Körper vor Leichenfledderern und Suchtrupps zu schützen, fügt er ein Leichentuch aus Ästen zusammen und streut Blätter darüber. Dann kehrt er rasch zum Bau zurück und holt seinen Rucksack. Während er wieder zum Ort des Geschehens geht, denkt er nur an die Aufgabe, die vor ihm liegt. Er weiß, daß sie sehr unangenehm sein wird, aber trotzdem erledigt werden muß. Um sich in die richtige Stimmung zu versetzen, sagt er sich immer wieder das Mantra auf, das ihn in der absoluten Gegenwart verankert: Beim Einatmen beruhige ich mich, beim Ausatmen lächle ich... Bis er wieder bei der Tigerin ist, die genauso vor ihm liegt, wie er sie verlassen hat. M. denkt: Wenn ich nicht zurückgekehrt wäre und wenn es keine Teufel gäbe, würde sie hier liegen, tagein, tagaus, in Sturm und Regen. Ungerührt würde sie Schlangen über sich hinweggleiten lassen. Verwundert über die außerordentliche Geduld der Toten, beschließt er plötzlich, daß er nach seinem Tod eingeäschert werden möchte.

Er holt das Operationsbesteck aus seinem Rucksack. Zack, hat er seine durchsichtigen Gummihandschuhe übergezogen, die die Hände in Wachs verwandeln. Zweiter Schritt: Er wickelt das grüne Tuch auseinander und kontrolliert, ob alle Geräte vorhanden sind. Dann rollt er das Tier auf den Rücken, was nicht einfach ist, da es immer wieder auf die Seite kippt. Er entfernt die sterile Verpackung des Rasiermessers, schiebt mit einer

Schulter eine Hinterbacke hoch, so daß die Lende frei-
liegt, und rasiert ein briefumschlaggroßes Stück über
der Vene im Oberschenkel. Das macht er sehr sorgfältig,
wie eine Mutter, die einem Mordopfer zärtlich das Haar
bürstet. Er sammelt das Haar ein und verwahrt es in einem kleinen, sterilen Plastikgefäß mit Schnappver-
schluß. Für den Bruchteil einer Sekunde überlegt er, ob
er wohl eines Tages kahl sein wird – hör auf. Was dann
kommt, ist der Teil, den er nicht mag, und als hätte er einen jungen Anfänger vor sich, befiehlt er sich selber:
Hol das Blut raus, sei nicht albern, hol einfach das Blut
raus. Wie ferngesteuert desinfiziert er die rasierte Stelle
mit einer Alkohollösung und packt anschließend eine
Nadel und eine Spritze aus. Er setzt die Nadel unten in
die Spritze ein und prüft, ob sie festsitzt. Wie ein Uhr-
macher hält er sein Werk ins Licht. Es ist die Nadel, die
ihn irritiert, nicht das Blut selber – aus irgendeinem
Grund kann er den Gedanken nicht ertragen, daß er mit
einer Nadel in die Vene stechen und klammheimlich das
Blut herausziehen soll. Schießen, Zerlegen, Aufschlit-
zen – all das ist offen und direkt. Was ihm nicht gefällt,
ist die Hinterhältigkeit der Nadel. Sei ruhig, ganz ruhig:
Beim Einatmen beruhige ich mich, beim Ausatmen
lächle ich ... Er sticht in die Haut, achtet darauf, daß er
nicht durch die Vene hindurchstößt, und beobachtet,
wie ein dunkler Blutstropfen am Ausgang der Nadel
austritt. Da ist es! Keine falsche Bewegung jetzt! Mit
gleichmäßigem Schneckentempo zieht er an der Spritze,
bis der Zylinder voll ist, nimmt die Nadel heraus und
füllt die dunkle Flüssigkeit in ein Teströhrchen, das einen schillernden Tropfen Heparin enthält. Das Röhr-
chen bettet er in ein Kühlgefäß aus Titan. Insgesamt füllt

er so zehn Teströhrchen, jedesmal mit demselben Unbehagen und derselben Effizienz.

Und jetzt das Gynäkologische, das ihm mehr liegt. Er macht einen Schnitt in der Lende und fährt mit einer Hand hinein, um nach den Eierstöcken zu suchen... er sucht und sucht. Als er sie endlich herausgetrennt hat, verpackt er sie einzeln in zwei spezialgefertigten Phiolen mit flüssigem Stickstoff, wobei er den Stickstoff behandelt, als wäre er eine Bombe. Er weiß, daß ein Ei mit dem Sperma eines semikompatiblen Organismus befruchtet werden kann, zum Beispiel mit dem eines Luchses oder eines Wolfs. Noch besser, aber sehr viel aufwendiger wäre es, wenn sich Sperma aus dem Blut der Beuteltigerin selber gewinnen ließe. Selbstbefruchtung. Er zieht den Uterus heraus – er ist unverletzt –, ein unförmiges, glitschig-schleimiges Ding. Es besteht kaum eine Chance, daß er einen Fötus enthält, trotzdem nimmt er ihn mit, es nicht zu tun, wäre fahrlässig. Dann ist sein Auftrag erledigt, das Gold sicher geborgen.

Der Auftrag ist erledigt. Der Auftrag ist fast erledigt.

Noch in Gummihandschuhen trägt er seinen Rucksack von dem Kadaver fort (wann er zum Kadaver geworden ist, weiß er nicht genau, aber das ausgeweidete, blutige Ding ist für ihn kein Körper mehr). Als nächstes ist das Beweisstück zu vernichten. Er muß sicherstellen, daß niemand sonst Zugang zu dem Material erhält. Nur er wird es besitzen, er wird der einzige sein. Aus Ästen errichtet er einen Scheiterhaufen, legt den Kadaver oben auf den Haufen und sagt zu sich: Ich bin der einzige. Der einzige, ich bin der einzige. Mit diesem Gedanken wird alles in ihm leicht und strahlend. Die ganze Kraft der Sonne läuft durch ihn hindurch in die Erde, er ist der Spender allen Lebens. Blau-irisierende Flammen lecken an dem Scheiterhaufen hoch und brennen und brennen. Brennen, bis der Ursprung des schmutzig-schwarzen Rauchs alles mögliche sein könnte. M. schüttet Wasser über die angekohlten Knochen, trägt sie ins Gebüsch und vergräbt sie schwitzend tief in der Erde.

So, nun ist er wirklich der einzige.

*

Er hat nicht erwartet, daß er auf die Jungen stoßen würde, und so ist er überrascht, als er zwei Gestalten zwischen den Eukalyptusbäumen hervortreten und durch das Knopfgras in seine Richtung schlendern sieht. Ein Fluchtversuch ist sinnlos, sie haben ihn eindeutig gesichtet. Groß hebt die Hand, so wie es alle tun, die in einer einsamen Gegend auf ein anderes menschliches Wesen treffen. Als die Jungen näher kommen, sieht er, daß sie frische Sachen anhaben und beide sauber rasiert sind. Fast im selben Augenblick beschließt er, daß er sie, wenn nötig, erschießen wird. Nicht aus persönlichen Gründen, sondern nur als letzter Ausweg. So, nun präparier dich gut. Er ist froh, daß er das Schlimmste abgewaschen hat, das Blut und den Schleim. Trotzdem fürchtet er – irrationalerweise, gewiß –, daß das, was er mit sich führt, ihn verraten wird, daß es einen Hochfrequenzton aussendet oder wie eine radioaktive Probe strahlt. Wie ein Ruf um Hilfe.

Da kommen sie: Bleib ruhig.

»Oh, hallo, Sie sind's«, sagt Klein.

Die beiden Jungen sehen ihn prüfend an, und auf ihren Gesichtern kann M. ablesen, daß er einen wilden Anblick bieten muß – schäbig und abgerissen, mit dem Gang eines Raubtiers. Das ist nicht gut, er wird sie irgendwie ablenken müssen.

»Hallo.«

»Alles okay?« fragt Groß.

»Prima, kein Problem. Hab gerade einen langen Trip hinter mir.«

»Teufel-Forschung, so war's doch, oder?« sagt Klein.

»Genau.«

»Schlaue Burschen. Haben Sie gekriegt, was Sie wollten?«

»So ziemlich. Und wo wollt ihr hin?«

»Da drüben lang«, sagt Groß und zeigt – ahnungsvoll – in die Richtung des Baus.

»Einfach toll, diese Tigerjagd. Wir hängen hier oben nur rum und kriegen jeden Tag bezahlt.«

»Und glaubt ihr, ihr findet einen? Wo es doch heißt – «

»Stimmt haargenau. Aber ob Sie's glauben oder nicht, angeblich soll ein Typ ganz deutlich einen gesehen haben. Kein Witz und noch gar nicht lange her«, sagt Groß.

»Den gibt es wirklich«, bestätigt Klein. »Halleluja, Sie können's uns ruhig glauben.«

»Na, dann viel Glück.«

»Danke. Übrigens, ist nicht bös gemeint, aber Sie sehen nicht besonders aus. Ist wirklich alles in Ordnung? Wir haben hier so ein Spezialradiodings und könnten – «

»Kein Problem, Jungs, wirklich nicht, ich bin schon auf dem Rückweg.«

»Schrecklich, nicht?« sagt Klein mit plötzlichem Nachdruck, und als M. nicht antwortet, fügt er hinzu: »Das mit den Armstrongs.«

»Ja, schrecklich, unfaßbar, wirklich.«

Es entsteht eine verlegene Pause, nicht so sehr als Zeichen von Respekt, vielmehr ein Beleg dafür, daß keiner von ihnen zu einem taktvollen Verhalten in der Lage ist: Keiner vermag die Trauer und den Schmerz über all das, was schlimm in der Welt ist, angemessen auszudrücken.

»Armes Mädchen«, sagt Groß schließlich, »in ihrem Alter.«

»Schrecklich«, wiederholt M.

»Und der arme Bike – was war das für ein Spinner!«

»Ja, unberufen, toi, toi, toi«, sagt Klein und klopft auf den Schädel von Groß.

Die Erwähnung der Armstrongs kommt M. jetzt so exotisch vor wie die Erwähnung eines anderen Planeten. Man weiß, daß er existiert, daß seine Wirkung unmerklich, aber gewaltig und daß er sehr weit weg ist. Nur Bike ist für M. real – der Junge, der zählt.

»Wie wär's denn mit ein bißchen was zu essen?« Klein sieht Groß an und sucht brüderliches Einverständnis.

»Klar, Mensch, wir haben reichlich.«

Bevor M. antworten kann, läßt Klein seinen Rucksack von den Schultern gleiten und wühlt darin herum.

»*Voilà*!« Zwei frische Orangen. Er streckt sie ihm hin.

Jetzt steht M. da und hält unbeholfen eine Orange in jeder Hand.

»Noch schnell eine Tasse Tee?« fragt Groß.

»Nein, vielen Dank, hab noch einen langen Weg vor mir.«

»He!« ruft Klein und scharrt unter M.s Beinen herum. »He! Seht mal da!«

Was! Der Junge hat Blut gesehen, es gerochen – jetzt aber schnell. Falls nötig, wird er ruhig seinen Rucksack abstellen, das Gewehr nehmen, zielen und schießen.

Doch das ist nicht nötig. Klein hält seine geöffnete Hand so, daß alle das glitzernde kleine, weiße Stück Quarzit sehen können. Ein ungewöhnlicher Anblick auf der Dolerit-Hochebene. Klein schließt die Hand und schleudert den Stein weit über das Gras, und zwei, vielleicht drei Sekunden lang dreht und dreht er sich, und in diesen zwei oder drei Sekunden ist er etwas wundersam Neues: ein Stein in der Luft. Die drei sehen ihm nach, bis er verschwindet.

»Also«, sagt M., »bis dann.«

»Okay.«

»Adios, amigo.«

M. geht weiter, schaut nicht zurück, ob er beobachtet wird. Er geht sehr aufrecht, sucht sich seinen Weg zwischen den Knopfgrasbüscheln und schwenkt die Orangen, die er immer noch in beiden Händen hält. Die Sonne bricht hinter einer Wolkenbank hervor, und das beschwingt ihn, auch wenn er weiß, daß die Sonne nicht nur für einen allein scheint. Er sieht auf die Uhr. Es wird nicht mehr lange dauern, bis die Nacht hereinbricht, und da er sich nach seinem vergrabenen Kaffee sehnt, seinem süßen, warmen, versteckten Kaffee, seufzt Martin David, rückt seine kostbare Last zurecht und geht rasch weiter.

Marie Hermanson
Die Schmetterlingsfrau
Roman
Aus dem Schwedischen von Regine Elsässer
Etwa 250 Seiten. Gebunden
Suhrkamp Verlag, 2002

Anna, Mitte Dreißig, unabhängig, beruflich erfolgreich, ist gerade von ihrem Liebhaber verlassen worden. Sie bucht eine Reise nach Borneo, um in der Hitze des Dschungels Roger zu vergessen, und tatsächlich bringt ein Ausflug in den Urwald sie auf andere Gedanken – ein rätselhaftes Zucken, ein unbekanntes Gefühl im linken Bein lenken all ihre Aufmerksamkeit auf sich. Zurück in Schweden, läßt Anna ihr »Reisesouvenir« untersuchen. Dabei gerät sie an den Tropenspezialisten und Insektenforscher Willof. Und dieser ist begeistert: Eine seltene Schmetterlingsart hat sich Anna als Wirtstier ausgesucht und in ihrem Oberschenkel drei Schmetterlingspuppen plaziert. Willof überredet die Auserwählte, in sein Schmetterlingshaus zu ziehen und dort die Puppen in ihrem Bein bis zum Schlüpfen zu tragen. Binnen kurzem entwickelt sich die Oase zu einem Ort merkwürdigster Vorgänge.
Die Schmetterlingsfrau ist ein packender, höchst raffinierter Roman über Liebe, Freundschaft, Einsamkeit und darüber, daß sich im Leben von einem Tag auf den anderen alles ändern kann. Wie *Muschelstrand* ist dieser neue Roman der Autorin »voller Spannung, Zauber, aber auch nüchterner Rationalität«. (*Brigitte*)
Marie Hermanson, 1956 geboren, hat zunächst als Journalistin gearbeitet, debütierte dann mit einer Sammlung von Geschichten, der drei Romane folgten.

Magnus Mills
Indien kann warten
Roman
Aus dem Englischen von Katharina Böhmer
Etwa 230 Seiten. Gebunden
Suhrkamp Verlag, 2002

Eigentlich sollte es die lang ersehnte Reise in den Fernen Osten werden: mit dem Motorrad nach Indien. Doch schon unweit seiner Heimat bleibt der Held aus Magnus Mills' neuem Roman hängen – auf einem Campingplatz im Nordosten Englands, malerisch an einem See gelegen, fernab jeglichen Weltgeschehens.

Die Abreise verzögert sich, der Herbst bricht herein, der namenlose Camper bleibt als letzter Gast zurück. Mr. Parker, der Platzbesitzer, bietet ihm an, gegen kleinere Aushilfsarbeiten noch ein paar Tage kostenlos zu bleiben. Warum auch nicht, zur großen Reise aufbrechen kann man ja immer noch. Da wäre erst einmal ein Tor zu streichen. Und ein paar Boote. Aber warum alles in Grün? Planken müssen zersägt, die Hausaufgaben von Mr. Parkers reizender Tochter erledigt, losgerissene Boote zurückgerudert werden. Fast schon gehört er ein bißchen zur dörflichen Gemeinschaft. Aber was steckt hinter dem seltsamen Benehmen der Dorfbewohner?

Magnus Mills erweist sich in seinem zweiten Roman wieder als Meister der Lakonik, des Grotesken, verquerer und gewitzter Dialoge und als Erzähler folgenreicher Ungeschicklichkeiten.

Magnus Mills, 1954 geboren, lebt in London. Nach *Die Herren der Zäune* und *Indien kann warten* ist nun ein dritter Roman in Vorbereitung.

Andrzej Stasiuk
Neun
Roman
Aus dem Polnischen von Renate Schmidgall
Etwa 300 Seiten. Gebunden
Suhrkamp Verlag, 2002

Pawel, ein junger Geschäftsmann, der es zu einem bescheidenen Textilhandel gebracht hat, erwacht in einer Trümmerlandschaft. Der Spiegel im Bad ist zerschlagen, Tuben, Bürsten und Fläschchen liegen auf dem Boden, Kleider sind aus dem Schrank gerissen. Er verläßt seine Wohnung und fährt durch Warschau, getrieben von Unruhe und Angst. Er hat Schulden, man ist ihm auf den Fersen, er braucht Geld. Ein Freund, Jacek, an den er sich um Hilfe wendet, entgeht knapp einem Überfall und ist ebenfalls auf der Flucht.

Ohne Kommentare, präzise wie ein allgegenwärtiges Kameraauge, begleitet er seine Protagonisten von Schauplatz zu Schauplatz. Sein multipler Erzähler lauscht den Atemzügen der Großstadt, belauert sie wie ein Lebewesen, spürt dem Vergehen der Zeit nach und wird Zeuge eines Mordes.

Nach *Der weiße Rabe* und *Die Welt hinter Dukla* hat Stasiuk in seinem neuen Buch – es ist sein neuntes – die poetische Ausmessung der heutigen polnischen Wirklichkeit weitergetrieben. Hinter allem, was geschieht, wartet der Stillstand.

Andrzej Stasiuk, 1960 geboren und in Warschau aufgewachsen, veröffentlichte Lyrik, Erzählungen und Romane, arbeitete als Journalist und Drehbuchautor. Seit 1986 lebt er in einem Dorf in den Beskiden.